FÁBULAS

Esopo

TEXTO INTEGRAL

TRADUÇÃO: PIETRO NASSETTI

Os Objetivos, a Filosofia e a Missão da Editora Martin Claret

O principal Objetivo da MARTIN CLARET é continuar a desenvolver uma grande e poderosa empresa editorial brasileira, para melhor servir a seus leitores.

A Filosofia de trabalho da MARTIN CLARET consiste em criar, inovar, produzir e distribuir, sinergicamente, livros da melhor qualidade editorial e gráfica, para o maior número de leitores e por um preço economicamente acessível.

A Missão da MARTIN CLARET é conscientizar e motivar as pessoas a desenvolver e utilizar o seu pleno potencial espiritual, mental, emocional e social.

A MARTIN CLARET está empenhada em contribuir para a difusão da educação e da cultura, por meio da democratização do livro, usando todos os canais ortodoxos e heterodoxos de comercialização.

A MARTIN CLARET, em sua missão empresarial, acredita na verdadeira função do livro: o livro muda as pessoas.

A MARTIN CLARET, em sua vocação educacional, deseja, por meio do livro, claretizar, otimizar e iluminar a vida das pessoas.

Revolucione-se: leia mais para ser mais!

MARTIN CLARET

COLEÇÃO A OBRA-PRIMA DE CADA AUTOR

FÁBULAS

Esopo

TEXTO INTEGRAL

MARTIN CLARET

CRÉDITOS

Título original em latim: *Aeseepi: fabulae*

Idealização e Coordenação
Martin Claret

Capa
Ilustração
Editora Martin Claret

Miolo
Revisão
Marinice Argenta
Lucyana Rocha de O. Torchia

Tradução
Pietro Nassetti

Projeto Gráfico
José Duarte T. de Castro

Direção de Arte
José Duarte T. de Castro

Digitação
Graziella Gatti Leonardo

Editoração Eletrônica
Editora Martin Claret

Fotolitos da Capa
OESP

Papel
Off-Set, 70g/m²

Impressão e Acabamento
Paulus Gráfica

Editora Martin Claret Ltda. – Rua Alegrete, 62 – Bairro Sumaré
CEP: 01254-010 – São Paulo - SP
Tel.: (0xx11) 3672-8144 – Fax: (0xx11) 3673-7146

www.martinclaret.com.br / editorial@martinclaret.com.br

Agradecemos a todos os nossos amigos e colaboradores — pessoas físicas e jurídicas — que deram as condições para que fosse possível a publicação deste livro.

Este livro foi impresso no iverno de 2006.

A história do livro e a coleção "A Obra-Prima de Cada Autor"

MARTIN CLARET

Que é o livro? Para fins estatísticos, na década de 1960, a UNESCO considerou o livro "uma publicação impressa, não periódica, que consta de no mínimo 49 páginas, sem contar as capas".

O livro é um produto industrial.

Mas também é mais do que um simples produto. O primeiro conceito que deveríamos reter é o de que o livro como objeto é o veículo, o suporte de uma informação. O livro é uma das mais revolucionárias invenções do homem.

A *Enciclopédia Abril* (1972), publicada pelo editor e empresário Victor Civita, no verbete "livro" traz concisas e importantes informações sobre a história do livro. A seguir, transcrevemos alguns tópicos desse estudo didático sobre o livro.

O livro na Antiguidade

Antes mesmo que o homem pensasse em utilizar determinados materiais para escrever (como, por exemplo, fibras vegetais e tecidos), as bibliotecas da Antiguidade estavam repletas de textos gravados em tabuinhas de barro cozido. Eram os primeiros "livros", depois progressivamente modificados até chegarem a ser feitos — em grandes tiragens — em papel impresso mecanicamente, proporcionando facilidade de leitura e transporte. Com eles, tornou-se possível, em todas as épocas, transmitir fatos, acontecimentos históricos, descobertas, tratados, códigos ou apenas entretenimento.

Como sua fabricação, a função do livro sofreu enormes modificações dentro das mais diversas sociedades, a ponto de constituir uma mercadoria especial, com técnica, intenção e utilização determinadas. No moderno movimento editorial das chamadas sociedades de consumo, o livro pode ser considerado uma mercadoria cultural, com maior ou menor significado no contexto socioeconômico em que é publicado. Como mercadoria, pode ser comprado, vendido ou trocado. Isso não ocorre, porém, com sua função intrínseca, insubstituível: pode-se dizer que o livro é essencialmente um instrumento cultural de difusão de idéias, transmissão de conceitos, documentação (inclusive fotográfica e iconográfica), entretenimento ou ainda de condensação e acumulação do conhecimento. A palavra escrita venceu o tempo, e o livro conquistou o espaço. Teoricamente, toda a humanidade pode ser atingida por textos que difundem idéias que vão de Sócrates e Horácio a Sartre e McLuhan, de Adolf Hitler a Karl Marx.

Espelho da sociedade

A história do livro confunde-se, em muitos aspectos, com a história da humanidade. Sempre que escolhem frases e temas, e transmitem idéias e conceitos, os escritores estão elegendo o que consideram significativo no momento histórico e cultural que vivem. E assim, fornecem dados para a análise de sua sociedade. O conteúdo de um livro — aceito, discutido ou refutado socialmente — integra a estrutura intelectual dos grupos sociais.

Nos primeiros tempos, o escritor geralmente vivia em contato direto com seu público, que era formado por uns poucos letrados, já cientes das opiniões, idéias, imaginação e teses do autor, pela própria convivência que tinha com ele. Muitas vezes, mesmo antes de ser redigido o texto, as idéias nele contidas já haviam sido intensamente discutidas pelo escritor e parte de seus leitores. Nessa época, como em várias outras, não se pensava no enorme percentual de analfabetos. Até o século XV, o livro servia exclusivamente a uma pequena minoria de sábios e estudiosos que constituíam os círculos intelectuais (confinados aos mosteiros no início da Idade Média) e que tinham acesso às bibliotecas, cheias de manuscritos ricamente ilustrados.

Com o reflorescimento comercial europeu em fins do século XIV, burgueses e comerciantes passaram a integrar o mercado livreiro da época. A erudição laicizou-se, e o número de escritores aumentou, surgindo também as primeiras obras escritas em línguas que não o latim e o grego (reservadas aos textos clássicos e aos assuntos considerados dignos de atenção).

Nos séculos XVI e XVII, surgiram diversas literaturas nacionais, demonstrando, além do florescimento intelectual da época, que a população letrada dos países europeus estava mais capacitada a adquirir obras escritas.

Cultura e comércio

Com o desenvolvimento do sistema de impressão de Gutenberg, a Europa conseguiu dinamizar a fabricação de livros, imprimindo, em cinqüenta anos, cerca de vinte milhões de exemplares para uma população de quase cem milhões de habitantes, a maioria analfabeta. Para a época, isso significou enorme revolução, demonstrando que a imprensa só se tornou uma realidade diante da necessidade social de ler mais.

Impressos em papel, feitos em cadernos costurados e posteriormente encapados, os livros tornaram-se empreendimento cultural e comercial: os editores passaram logo a se preocupar com melhor apresentação e redução de preços. Tudo isso levou à comercialização do livro. E os livreiros baseavam-se no gosto do público para imprimir, sobretudo, obras religiosas, novelas, coleções de anedotas, manuais técnicos e receitas.

O percentual de leitores não cresceu na mesma proporção que a expansão demográfica mundial. Somente com as modificações socioculturais e econômicas do século XIX — quando o livro começou a ser utilizado também como meio de divulgação dessas modificações, e o conhecimento passou a significar uma conquista para o homem, que, segundo se acreditava, poderia ascender socialmente se lesse — houve um relativo aumento no número de leitores, sobretudo na França e na Inglaterra, onde alguns editores passaram a produzir, a preços baixos, obras completas de autores famosos. O livro era então interpretado como símbolo de liberdade, conseguida por conquistas culturais. Entretanto, na maioria dos países, não houve nenhuma grande modificação nos índices percentuais até o fim da Primeira Guerra Mundial (1914/18), quando surgiram as primeiras grandes tiragens de livros, principalmente romances, novelas e textos didáticos. O número elevado de cópias, além de baratear o preço da unidade, difundiu ainda mais a literatura. Mesmo assim, a maior parte da população de muitos países continuou distanciada, em parte porque o livro, em si, tinha sido durante muitos séculos considerado objeto raro, passível de ser adquirido somente por um pequeno número de eruditos. A grande massa da população mostrou maior receptividade aos jornais, periódicos e folhetins, mais dinâmicos e atualizados, além de acessíveis ao poder aquisitivo da grande maioria.

Mas isso não chegou a ameaçar o livro como símbolo cultural de difusão de idéias, como fariam, mais tarde, o rádio, o cinema e a televisão.

O advento das técnicas eletrônicas, o aperfeiçoamento dos métodos fotográficos e a pesquisa de materiais praticamente imperecíveis fazem alguns teóricos da comunicação de massa pensar em um futuro sem os livros tradicionais, com seu formato quadrado ou retangular, composto de folhas de papel, unidas umas às outras por um dos lados.

Seu conteúdo e suas mensagens, racionais ou emocionais, seriam transmitidos por outros meios, como, por exemplo, microfilmes e fitas gravadas.

A televisão transformaria o mundo inteiro em uma grande "aldeia" (como afirmou Marshall McLuhan), no momento em que todas as sociedades decretassem sua prioridade em relação aos textos escritos.

Mas a palavra escrita dificilmente deixaria de ser considerada uma das mais importantes heranças culturais, para todos os povos.

E no decurso de toda a sua evolução, o livro sempre pôde ser visto como objeto cultural (manuseável, com forma entendida e interpretada em função de valores plásticos) e símbolo cultural (dotado de conteúdo, entendido e interpretado em função de valores semânticos). As duas maneiras podem fundir-se no pensamento coletivo, como um conjunto orgânico (em que texto e arte se completam, como, por exemplo, em um livro de arte) ou apenas como um conjunto textual (no qual a mensagem escrita vem em primeiro lugar — em um livro de matemática, por exemplo).

A mensagem (racional, prática ou emocional) de um livro é sempre intelectual e pode ser revivida a cada momento.

O conteúdo, estático em si, dinamiza-se em função da assimilação das palavras pelo leitor, que pode discuti-las, reafirmá-las, negá-las ou transformá-las. Por isso, o livro pode ser considerado um instrumento cultural capaz de liberar informação, sons, imagens, sentimentos e idéias através do tempo e do espaço.

A quantidade e a qualidade das idéias colocadas em um texto podem ser aceitas por uma sociedade, ou por ela negadas, quando entram em choque com conceitos ou normas culturalmente admitidas.

Nas sociedades modernas, em que a classe média tende a considerar o livro como sinal de *status* e cultura (erudição), os compradores utilizam-no como símbolo mesmo, desvirtuando suas funções ao transformá-lo em livro-objeto.

Mas o livro é, antes de tudo, funcional — seu conteúdo é que lhe confere valor (como os livros das ciências, de filosofia, religião, artes, história e geografia, que representam cerca de 75% dos títulos publicados anualmente em todo o mundo).

O mundo lê mais

No século XX, o consumo e a produção de livros aumentaram progressivamente. Lançado logo após a Segunda Guerra Mundial (1939/45), quando uma das características principais da edição de um livro eram as capas entreteladas ou cartonadas, o livro de bolso constituiu um grande êxito comercial. As obras — sobretudo *best-sellers* publicados algum tempo antes em edições de luxo — passaram a ser impressas em rotativas, como as revistas, e distribuídas às bancas de jornal. Como as tiragens elevadas permitiam preços muito baixos, essas edições de bolso popularizaram-se e ganharam importância em todo o mundo.

Até 1950, existiam somente livros de bolso destinados a pessoas de baixo poder aquisitivo; a partir de 1955, desenvolveu-se a categoria do livro de bolso "de luxo". As características principais destes últimos eram a abundância de coleções — em 1964 havia mais de duzentas nos Estados Unidos — e a variedade de títulos, endereçados a um público intelectualmente mais refinado.

A essa diversificação das categorias adiciona-se a dos pontos-de-venda, que passaram a abranger, além das bancas de jornal, farmácias, lojas, livrarias, etc. Assim, nos Estados Unidos, o número de títulos publicados em edições de bolso chegou a 35 mil em 1969, representando quase 35% do total dos títulos editados.

Proposta da coleção "A Obra-Prima de Cada Autor"

A palavra "coleção" é uma palavra há muito tempo dicionarizada, e define o conjunto ou reunião de objetos da mesma natureza ou que têm qualquer relação entre si. Em um sentido editorial, significa o conjunto não-limitado de obras de autores diversos, publicado por uma mesma editora, sob um título geral indicativo de assunto ou área, para atendimento de segmentos definidos do mercado.

A coleção "A Obra-Prima de Cada Autor" corresponde plenamente à definição acima mencionada. Nosso principal objetivo é oferecer, em formato de bolso, a obra mais importante de cada autor, satisfazendo o leitor que procura qualidade.*

Desde os tempos mais remotos existiram coleções de livros. Em Nínive, em Pérgamo e na Anatólia existiam coleções de obras literárias de grande importância cultural. Mas nenhuma delas superou a célebre biblioteca de Alexandria, incendiada em 48 a.C. pelas legiões de Júlio César, quando estes arrasaram a cidade.

A coleção "A Obra-Prima de Cada Autor" é uma série de livros a ser composta de mais de 400 volumes, em formato de bolso, com preço altamente competitivo, e pode ser encontrada em centenas de pontos-de-venda. O critério de seleção dos títulos foi o já estabelecido pela tradição e pela crítica especializada. Em sua maioria, são obras de ficção e filosofia, embora possa haver textos sobre religião, poesia, política, psicologia e obras de auto-ajuda. Inauguram a coleção quatro textos clássicos: *Dom Casmurro*, de Machado de Assis; *O Príncipe*, de Maquiavel; *Mensagem*, de Fernando Pessoa e *O Lobo do Mar*, de Jack London.

Nossa proposta é fazer uma coleção quantitativamente aberta. A periodicidade é mensal. Editorialmente, sentimo-nos orgulhosos de poder oferecer a coleção "A Obra-Prima de Cada Autor" aos leitores brasileiros. Nós acreditamos na função do livro.

---

* Atendendo a sugestões de leitores, livreiros e professores, a partir de certo número da coleção, começamos a publicar, de alguns autores, outras obras além da sua obra-prima.

As fábulas de todos os tempos

MARTIN CLARET

Dados preliminares

A fábula é um gênero literário que veio do conto popular. São narrativas alegóricas em prosa ou verso próximas do mito e da poesia. Mais precisamente, a fábula situa-se entre o provérbio e o poema. A diferença entre a fábula e o conto, por exemplo, é que o conto "conta" histórias sobre feitos humanos e a fábula relata concisamente histórias sobre objetos, principalmente sobre animais, vegetais e deuses.

A principal diferença entre o conto e a fábula é que esta transmite uma *lição de moral* — é um gênero literário educativo. A tradição esópica sempre deu ênfase à moralidade que é a verdadeira função da fábula.

É preciso registrar aqui o comentário da tradutora e doutora em Língua e Literatura grega pela Universidade de São Paulo, Neide Smolka, que sobre o assunto escreveu o seguinte: "É interessante salientar que a importância que se dava à lição de moral das fábulas era tamanha, que os copistas da Idade Média costumavam escrevê-las com letras vermelhas ou douradas, enquanto o texto era em preto. Algumas vezes, entretanto, o copista deixava em branco o espaço destinado à lição de moral, começando um novo texto em preto para, depois, usar a tinta vermelha ou dourada de uma só vez. Com isso, em raríssimos casos de esquecimento, foram omitidas em algumas fábulas as respectivas lições de moral".

Outro fato que é necessário evidenciar é que, nos tempos antigos, a fábula era contada ou escrita para adultos — sua verdadeira finalidade era transmitir uma mensagem para homens e mulheres adultos e não apenas para crianças infanto-juvenil como acontece modernamente.

Esta nossa tradução das fábulas completas de Esopo foi feita a partir da tradução francesa que, por sua vez, foi realizada diretamente do texto grego pelo grande helenista Émile Chambry, sob o título *Fable de Esopo.* Ao publicar, em 1925, *Hesopi-Fabulae* tanto o estudo crítico do texto quanto a sua tradução, optou Chambry por trabalhar com as 358 fábulas que levam como título *Hisópou Mythoi (Fábulas de Esopo)**.

Para a elaboração desta curta Introdução, consultamos e pesquisamos vários livros e enciclopédias. Transcreveremos, a seguir, alguns tópicos do material pesquisado. Informamos ainda que a maioria das traduções para nossa língua são adaptações ou histórias recontadas, e quase sempre incompletas; são traduções "modernizadas" sem a beleza e a concisão do texto original.

A história da fábula

O leão e o camundongo, a lebre e a tartaruga, a raposa e a cegonha, a cigarra e a formiga são algumas das duplas que protagonizam fábulas muito conhecidas. Há também o homem que matou a galinha dos ovos de ouro, fábula de La Fontaine da qual se extrai a lição: "Quem tudo quer, tudo perde".

Fábula é uma narrativa alegórica em prosa ou verso, cujos personagens são geralmente animais, que conclui com uma lição moral. Sua peculiaridade reside fundamentalmente na apresentação direta das virtudes e defeitos do caráter humano, ilustrados pelo comportamento antropomórfico dos animais. O espírito é realista e irônico, e a temática é variada: a vitória da bondade sobre a astúcia e da inteligência sobre a força, a derrota dos presunçosos, sabichões e orgulhosos, etc. A fábula comporta duas partes: a narrativa e a moralidade. A primeira trabalha as imagens, que constituem a forma sensível, o corpo dinâmico e figurativo da ação. A outra

* Nesta edição, acrescentamos mais 14 trabalhos às 358 fábulas de Chambry, todas com autoria de Esopo.

opera com conceitos ou noções gerais, que pretendem ser a verdade "falando" aos homens.

Cabe salientar que o elemento dominante, para o gosto moderno, costuma ser a narrativa. A moralidade ou significação alegórica, ainda que anime o todo, faz-se de preferência nas entrelinhas, de maneira velada. Os antigos tinham um ponto de vista diferente. Para eles, a parte filosófica era essencial. Para atingirem de modo mais direto o alvo moral, sacrificavam a ação, a vivacidade das imagens e o drama. Assim, a evolução da fábula pode ser cifrada na inversão do papel desses dois elementos: quanto mais se avança na história, mais se vê decrescer o tom sentencioso, em proveito da ação. A presença da moral, no entanto, nunca desapareceu de todo da fábula. Explicitada no começo ou no fim, ou implícita no corpo da narrativa, é a moralidade que diferencia a fábula das formas narrativas próximas, como o mito, a lenda e o canto popular. Situada por alguns entre o poema e o provérbio, a fábula estaria a meio caminho na viagem do concreto para o abstrato.

A afinidade com o provérbio encontra-se no nível mediano — lugares-comuns proverbiais — a que geralmente se reduz a lição extraída da narrativa. Sob esse aspecto, a fábula também se distingue da parábola, que procura maior elevação no plano ético, além de lidar com situações humanas mais reais.

A fábula oriental e Esopo

Na evolução do gênero, o primeiro dos três períodos da fábula, aquele em que a moralidade constitui a parte fundamental, é o das fábulas orientais, que passaram da Índia para a China, o Tibet, a Pérsia, e terminaram na Grécia com Esopo. No oriente, a fábula foi usada desde cedo como veículo de doutrinação budista. O *Pantchatantra,* escrito em sânscrito, chegou ao ocidente por meio de uma tradução árabe do século VIII, conhecida pelo título de *Fábulas de Bidpay*, depois retraduzida do árabe para várias línguas.

Esopo, fabulista grego de existência duvidosa a quem se atribuem as fábulas reunidas por Demétrio de Falero no século IV a. C., teria sido uma espécie de orador popular que conta histórias para convencer os ouvintes a agir de acordo com o bom-senso e na defesa de seus próprios interesses. De acordo com Aristóteles, a fábula esópica é uma das formas da arte de persuadir e não poesia.

Fedro e a fábula medieval

O segundo período da fábula se inicia com as inovações formais de Fedro.

Ao fabulista latino é atribuído o mérito de ter fixado a forma literária do gênero, o que garante para ele um lugar na poesia. Escritas em versos, as histórias de Fedro são sátiras amargas, bem ao sabor do gosto latino, contra costumes e pessoas de seu tempo. Mais tanto Fedro quanto Bábrio (século III da era Cristã) partiram dos modelos de Esopo, que foram reinventados poeticamente.

A Idade Média cultivou com insistência a tradição esópica. Entre as muitas versões da época, divulgadas sob o nome de *Ysopets* (*Esopetes*), a mais famosa ficou sendo a de Marie de France, do século XII. As *fabliaux* (fabuletas) medievais, embora não sejam propriamente fábulas, guardam com elas algumas analogias. Por meio dos personagens animais, os poetas fazem críticas e pretendem instruir divertindo.

La Fontaine e seus seguidores

O terceiro período inclui todos os fabulistas modernos, dos quais Jean de La Fontaine é considerado o mestre. Suas *Fables choisies* (*Fábulas escolhidas*), em 12 volumes, aparecem entre 1668 e 1694. A grande contribuição original do fabulista francês foi ter feito da fábula um pequeno teatro: "uma comédia em cem atos" e "uma pintura em que cada um de nós pode encontrar seu retrato", segundo suas próprias palavras.

No século XVIII, La Fontaine encontrou muitos seguidores, como Jean Pierre de Florian, na França, e Tomás de Iriarte, na Espanha. Em Portugal, Bocage escreveu fábulas originais, além de traduzir La Fontaine em versos. Na Inglaterra, a fábula ganhou a fisionomia de sátira política. Em *Fables*, de John Gay, a formiga representa o Lord do Tesouro; *The Fable of the Bees* (*A fábula das abelhas*), de Bernard Mandeville, é uma extensa alegoria política, enquanto as coleções *Fables for the Female Sex* (1744; *Fábulas para o sexo feminino*) e *Fables for Youth* (1777; *Fábulas para os jovens*) descem ao nível da sátira panfletária.

Na Alemanha, Gatthold Ephraim Lessing reagiu contra o que julgava ser uma excessiva literarização dos imitadores de La Fontaine. Em *Fabeln* (1759; *Fábulas*), apresenta importante monografia introdutória em que rejeita como perversões do gênero as elaborações literárias adotadas a partir de Fedro. No entanto, o fabulista mais popular na Alemanha foi seu contemporâneo Christian Gellert, que usou a fábula como veículo de motejo. A glória de melhor fabulista do século XIX pertence ao russo Ivan Krilov, que soube adaptar o gênero a seu gênio de poeta original. O homem rústico é seu herói favorito. Krilov usou a fábula como meio de protesto contra a rigidez das coerções do estado.

Em língua portuguesa, a prática do gênero foi esporádica e não há nomes de grandes fabulistas. Depois de Bocage, Garrett publicou um volume de *Fábulas e contos* (1853), e, no século XX, surgiram as *Fábulas* (1955) de Cabral do Nascimento. No Brasil, as melhores realizações inspiraram-se no folclore e na literatura oral. Como exemplos, há as *Fábulas* de Luís de Vasconcelos, as *Fábulas e alegorias* de Catulo da Paixão Cearense e as *Fábulas brasileiras* de Antônio Sales. Cabe mencionar também Monteiro Lobato, José Oiticica e o Marquês de Maricá.

Esopo — o primeiro fabulista

Figura supostamente lendária da Grécia antiga, Esopo passou para a história como o primeiro fabulista. O mais provável, no entanto, é que a expressão "fábulas de Esopo" tenha sido inventada para designar relatos protagonizados por animais, da mesma forma como a locução "contos da carochinha" se aplica às histórias infantis.

Uma biografia egípcia do século I conta que Esopo teria nascido em alguma cidade na Anatólia, no século VI a.C. Foi vendido como escravo em Samos a um filósofo que, posteriormente, lhe concedeu alforria. Plutarco, na mesma época, afirmou que Esopo teria sido conselheiro de Creso, rei da Lídia, e que costumava contar histórias sobre animais, das quais extraía uma lição de moral. Pela simplicidade e amenidade da narrativa, esses relatos tornaram-se popularíssimos na Grécia clássica.

Demétrio de Falero, no século IV a.C., redigiu em prosa a primeira coletânea de fábulas atribuídas a Esopo. Mais tarde, no século I da era Cristã, um escravo liberto chamado Fedro escreveu em latim diversos livros de fábulas que imitavam as de Esopo e se tornaram igualmente célebres. As fábulas de Esopo que chegaram até nossos dias foram compiladas por um monge bizantino do século XIV, Maximus Planudes, que escreveu ainda uma biografia do autor grego. Entre os títulos mais famosos figuram "A raposa e o cacho de uvas", "O cão convidado", "O leão e o rato reconhecido" e "As rãs (que pedem um rei)".

Em torno da morte de Esopo surgiram, também, muitas lendas. Segundo a mais difundida, ele teria morrido em Delfos, lançado de um precipício sob acusação de sacrilégio. As fábulas que lhe são atribuídas inspiraram numerosos autores, inclusive La Fontaine.

N. Mengden

1. Os bens e os males

Sempre mais fracos, os Bens, sendo perseguidos pelos Males, subiram ao céu onde perguntaram a Zeus[1] como deveriam comportar-se com os homens. Zeus lhes disse que deveriam aproximar-se dos homens não todos juntos, mas um de cada vez. Por isso, os males, por estarem mais perto dos homens, se achegam a eles em grupos, enquanto os bens, descendo do céu, o fazem aos poucos.

Moral: *É por essa razão que ninguém encontra os bens aos montes mas, a cada dia, somos atingidos por vários males.*

2. O mercador de estátuas

Um homem, que construíra um Hermes[2] de madeira, levou-o ao mercado para vendê-lo. Como ninguém se interessasse em comprá-lo, querendo chamar a atenção, ele pôs-se a gritar que vendia uma divindade benfazeja e que trazia vantagens. Um dos presentes disse: "Ó amigo, se esse deus é tão bom assim, por que tu o vendes, em vez de tirar proveito dos seus benefícios?". Ele respondeu:

---

[1] Zeus era o deus supremo dos gregos. Corresponde ao Júpiter romano.

[2] Hermes, filho de Zeus e de Maia, a ninfa de belas tranças. É o deus dos pastores e dos viajantes e é o inventor da lira. É geralmente aquele que leva as mensagens dos deuses do Olimpo aos homens. Corresponde ao Mercúrio romano.

"Porque eu preciso de seus benefícios imediatos, e ele costuma distribuir os bens lentamente".

Moral: *Essa fábula é para o homem ávido e que não se preocupa com os deuses.*

3. A águia e a raposa

N. MENGDEN

Tendo feito amizade, uma águia e uma raposa decidiram tornarem-se vizinhas, imaginando que a proximidade reforçaria seus laços. E então a águia voou para o topo de uma grande árvore e lá fez seu ninho, e a raposa escondeu-se em uma moita ao pé da árvore, e lá deu cria. Ora, certo dia em que a raposa saiu em busca de caça, a águia, com falta de comida, precipitou-se sobre a moita, arrebatou os filhotes da raposa e os devorou. Quando a raposa voltou e percebeu o ocorrido, não se afligiu tanto pela morte dos filhotes quanto pela incapacidade de vingança: sendo um animal terrestre, não podia perseguir um pássaro. Por isso, manteve-se longe, que é só o que resta aos impotentes e fracos, maldizendo o inimigo. Todavia, a águia não demorou a receber a punição pela sua velhacaria. Quando algumas pessoas sacrificavam uma cabra no campo, a águia arrebatou do altar uma víscera ainda em chamas e a levou com ela. Mal a pusera no seu ninho, começou a soprar um vento forte, que incendiou um velho galho seco. Com isso, os filhotes foram queimados (pois eram muito novos para voar) e caíram ao chão. E a raposa correu e, ante os olhos da águia, os devorou a todos.

Moral: *Essa fábula mostra que os que traem a amizade, talvez escapem da vingança de suas vítimas, por serem estes mais fracos, mas não se subtraem nunca da vingança divina.*

4. A águia e o escaravelho

Uma águia perseguia uma lebre. Não vendo ninguém que pudesse socorrê-la, a não ser um escaravelho que a sorte colocou em seu caminho, a este pediu ajuda. Ele a tranqüilizou e, vendo a águia aproximar-se, exortou-a que não arrebatasse sua suplicante. Mas a águia só desprezou o tamanho do escaravelho e, diante de seus olhos, devorou a lebre. Desde então, o inseto, cheio de rancor, passou a vigiar os ninhos da águia e, quando esta botava ovos, ele alçava vôo, fazia os ovos rolar e os quebrava. Por fim, perseguida de todos os lados, a águia se refugiou junto a Zeus, a quem é consagrada, e pediu-lhe que lhe cedesse um local seguro para seu ninho. Zeus lhe permitiu pôr os ovos em seu colo, e o escaravelho atento, diante disso, fez uma bola de barro, levantou vôo e, sobrevoando o colo de Zeus, ali soltou a bola. Então Zeus, para livrar-se da bola, levantou de súbito esquecendo os ovos, que foram ao chão. Depois disso, dizem, as águias não mais fazem seus ninhos durante a estação dos escaravelhos.

Moral: *A fábula ensina a que não se menospreze ninguém, pois não há quem seja tão fraco que, tendo sido ultrajado, não possa um dia se vingar.*

5. A águia, a gralha e o pastor

Mergulhando do alto de um rochedo, uma águia arrebatou um cordeiro. Uma gralha, assanhada pelo que vira, quis fazer o mesmo. E ela também se atirou, com ruidoso bater de asas, sobre um cordeiro. Mas suas garras se emaranharam na densa lã, e lá ficou ela batendo as asas sem poder soltar-se. Por fim, o pastor, percebendo o que acontecia, correu, pegou-a, e despontou-lhe as asas. Ao anoitecer, levou-a de presente para seus filhos. Como estes lhe perguntassem que pássaro era aquele, disse o pastor: "Eu bem sei que é uma gralha, mas ela quis ser uma águia".

Moral: É assim em qualquer rivalidade contra os mais fortes: não se chega a nada, e ao fracasso se junta o ridículo.

6. A águia (com as penas arrancadas) e a raposa

Certa vez uma águia foi capturada por um homem. Ele aparou-lhe as asas e a colocou no galinheiro junto às outras aves. A águia, humilhada, ficou de cabeça baixa e sem comer de tristeza, como um rei prisioneiro. Mas um outro homem comprou-a, arrancou-lhe umas penas do corpo e colou-as com mirra, devolvendo-lhe as asas. A águia, então, levantou vôo e, tendo agarrado uma lebre, grata, levou-a ao homem de presente. Uma raposa, ao ver isso, disse: "Não dês presente a este, mas ao primeiro, porque este é bom por natureza; cuida porém de deixar o outro melhor, para que algum dia ele não te capture de novo e não te arranque as asas".

Moral: Essa fábula ensina que se deve retribuir generosamente aos benfeitores e, prudentemente, manter-se longe dos maus.

RICHARD HEIGHWAY

7. A águia (ferida por uma flecha)

Uma águia estava pousada no alto de um rochedo à espreita de lebres para caçar. Nisso, alguém atirou-lhe uma flecha. A ponta da arma penetrou em seu corpo, juntamente com as penas. Ao ver isso, ela disse: "O que aumenta a minha dor é morrer por minhas próprias penas".

Moral: A ferroada da dor é mais terrível quando se é atingido pelas próprias armas.

8. O rouxinol e o gavião

Um rouxinol, pousado em um alto carvalho, cantava como de costume. Um gavião o viu e, como estava sem comida, atirou-se sobre ele e o agarrou. Vendo-se prestes a morrer, o rouxinol pediu ao gavião que o soltasse, argumentando que ele sozinho não bastaria para encher o estômago de um gavião; que o gavião deveria, se lhe faltasse alimento, atacar pássaros maiores. "Mas eu seria um estúpido", respondeu-lhe o gavião, "se largasse a caça que já tenho na mão para ir atrás de outras que ainda não vi".

Moral: *Os homens também mostram-se insensatos quando, na esperança de bens maiores, deixam escapar o que tem em mãos.*

9. O rouxinol e a andorinha

Uma andorinha aconselhava um rouxinol a viver sob o teto dos homens, como ela própria o fazia. Mas ele respondeu: "Não quero lembrar a tristeza de meus antigos dissabores, por isso moro em lugares desertos".

Moral: *Quem sofreu um revés da fortuna quer evitar até o lugar em que aconteceu o sofrimento.*

10. O ateniense devedor

Em Atenas, um devedor a quem seu credor cobrava uma dívida, pediu primeiro que lhe fosse concedido um prazo, pois estava sem dinheiro. Como o outro não quisesse saber, pegou uma porca, a única que tinha e, na presença do credor, colocou-a à venda. Um comprador se apresentou e perguntou se a porca era fecunda. O devedor respondeu que sim, e era até prodigiosa: durante os Mistérios[3], gerava fêmeas e, nas Panatenéias[4], machos. Como o comprador não

---

[3] Os Mistérios eram cerimônias religiosas secretas. Os mais conhecidos são os Mistérios de Elêusis, em honra a Deméter, a Terra-Mãe e a mais importante das divindades ligadas à fecundidade. Representa a terra que nutre o homem.

[4] As Panatenéias eram festas em honra a Atena (Minerva romana),

acreditasse no que ouvia, o credor acrescentou: “Mas não fique surpreso, pois ela te gerará cabritos nas Dionisíacas[5]”.

Moral: A fábula mostra que muitos não hesitam, visando o próprio proveito, sequer em jurar coisas impossíveis.

11. O negro

Alguém comprou um escravo negro, pensando que teria essa cor por negligência do antigo dono. Levou-o para casa, ensaboou-o todo e tentou todas as formas de lavagem para deixá-lo limpo. Mas a cor não mudou e, por tudo o que o fez passar, ainda ficou-lhe doente.

Moral: A fábula mostra que o que é natural permanece como era antes.

12. O gato e o galo

ARTHUR RACKAM

Um gato que tinha apanhado um galo, buscava um pretexto para comê-lo. Acusou-o, então, de importunar os homens, pois suas cantorias durante a noite não os deixavam dormir. O galo respondeu que assim fazia para lhes ser útil, porque os acordava para os trabalhos habituais. O gato acusou-o,

---

deusa da sabedoria. Nessas festas havia concursos de música e de ginástica e competições hípicas.

[5] As Dionisíacas constituíam as mais importantes festas gregas. Eram dedicadas a Dioniso (o Baco romano) e podiam ser Dionisíacas Campestres ou Dionisíacas Urbanas. Nas primeiras, o deus era honrado como a divindade da vegetação e, sobretudo, como o protetor da vinha. Nas Grandes Dionisíacas Urbanas, que duravam seis dias, eram apresentados os concursos dramáticos, nos quais concorriam os maiores nomes da época: na tragédia, entre outros, Ésquilo, Sófocles e Eurípedes; na comédia, Aristófanes e, depois, Menandro.

então, de ultrajar a natureza, acasalando-se com a mãe e as irmãs. O galo respondeu que só fazia isso no interesse dos donos, porque assim elas botavam ovos em quantidade. E o gato disse então: “Ora, talvez tu apresentes muitos e bons argumentos, mas eu não deixarei de comer-te”. E o devorou.

Moral: A fábula mostra que uma natureza má, resolvida a praticar o mal, mesmo que não encontre um bom pretexto, o faz abertamente.

13. O gato e os ratos

Em uma casa havia muitos ratos. Sabendo disso, um gato foi para lá e começou a agarrar e devorar um por um. Os ratos, ao se verem dizimados, passaram a se esconder em seus buracos, e o gato não mais podia alcançá-los. Entendeu então que era preciso chamá-los para fora usando um ardil. Por isso, subiu em uma estaca de madeira e ali, suspenso, fingiu-se de morto. Um dos ratos, porém, vendo aquilo, disse: “Ora, meu amigo, mesmo que te tornes um saco, eu não me aproximarei de ti”.

Moral: A fábula ensina que os homens sensatos, quando já conheceram a maldade de alguns, não mais se deixam enganar por suas artimanhas.

14. O gato e as galinhas

Um gato, que tinha ouvido dizer que as galinhas de certa granja estavam doentes, disfarçou-se de médico e, munido dos instrumentos necessários à arte, apresentou-se diante do galinheiro e perguntou às galinhas como elas estavam. Em resposta, elas disseram: “Muito bem, se tu te fores daqui”.

Moral: Assim também, entre os homens, os maus não enganam os sensatos, mesmo que representem muito bem.

15. A cabra e o cabreiro

Um pastor chamava as cabras para o curral. Todavia uma delas deixou-se ficar para trás, aproveitando de um bom pasto. O pastor, então, atirou-lhe uma pedra, e o tiro foi tão certeiro que lhe quebrou um chifre. Ele suplicou então à cabra que não contasse o fato ao dono. E ela disse: "Mesmo que eu me cale, como vou esconder? É mais do que evidente para todos que meu chifre está quebrado".

Moral: *Quando a falta é muito evidente, não é possível escondê-la.*

16. A cabra e o burro

Alguém alimentava uma cabra e um burro. A cabra, com inveja do burro, porque ele era muito bem alimentado, aconselhou-o a que diminuísse o ritmo de trabalho, quer na hora moer, como na de carregar fardos, e também a simular ataques de epilepsia e cair em um buraco para descansar. O pobre burro confiou na cabra, caiu e começou a debater-se. O dono chamou o médico e pediu-lhe que socorresse o animal. Este lhe receitou uma infusão com o pulmão de uma cabra, que o burro ficaria bom. Sacrificaram então a cabra, e salvaram o burro.

Moral: *Às vezes, quem arquiteta maldades contra outro, faz o mal a si mesmo.*

17. O cabreiro e as cabras selvagens

Um cabreiro que levara suas cabras ao pasto, notou que cabras selvagens se haviam misturado com as suas e, ao entardecer, conduziu-as todas para sua gruta. No dia seguinte, como uma forte tempestade o impedia de levá-las para a pastagem habitual, cuidou delas lá na gruta mesmo; às suas cabras, deu só alimento suficiente para não passarem fome, enquanto as de fora, alimentou-as melhor no intuito de fazê-las suas. Passada a chuva, levou todas para o pasto, e as cabras selvagens tomaram o caminho das montanhas e fugiram. Como o pastor lhes reprovasse sua ingratidão, pois o abandonaram após terem sido tratadas com cuidados especiais, elas se voltaram, dizendo: "Um motivo a mais para ficarmos preocupadas, pois se a nós, tuas hóspedes de ontem, nos honraste mais do que as que já estavam contigo, está claro que se outras vierem a ti depois disso, tu lhes darás mais atenção que a nós".

Moral: *Essa fábula nos mostra que não devemos confiar na amizade daqueles que nos dão preferência como seus amigos recentes, às custas das antigas amizades, pois quando nós também formos seus velhos amigos e eles fizerem novas amizades, os novos amigos também terão a sua preferência.*

18. A escrava feia e Afrodite

Uma escrava feia e má era porém amada por seu dono. Com o dinheiro que recebia dele, ela se enfeitava brilhantemente e rivalizava com a sua dona. Fazia ela freqüentes sacrifícios a Afrodite[6] e a suplicava que lhe concedesse tornar-se bela. Mas a deusa apareceu-lhe em sonho e disse que não lhe concederia a graça de torná-la bela "porque estou aborrecida e irritada contra esse homem a quem pareces bela".

Moral: *Aqueles que enriquecem por caminhos escusos não devem ficar cegos, principalmente se não são bem-nascidos nem têm beleza.*

---

[6] Deusa de origem oriental. Corresponde à Vênus romana. De acordo com a Teogonia (A origem dos deuses) de Hesíodo, teria nascido da espuma do mar. Esposa de Hefesto (Plutão romano), segundo Homero, e amante de Ares (Marte romano), deus da guerra. Segundo o mito, teria sido mãe de Eros (Cupido romano), deus do amor carnal, representado geralmente como uma criança, sendo o pai desconhecido. Era amada por deuses e por homens, tendo tido grande paixão por Adônis, jovem mortal adolescente. Da união com Hermes teria nascido Hermafrodite, divindade que reunia os dois sexos.

19. Esopo no estaleiro

Certo dia em que estava de folga, Esopo, o fabulista, entrou em um estaleiro. Como os operários o ridicularizassem e o desafiassem a responder, Esopo começou a contar-lhes que no começo só havia o caos e a água e, como quisesse Zeus fazer aparecer o elemento terra, aconselhou a terra que engolisse por três vezes o mar. E ela, assim que começou, primeiro fez surgir as montanhas; da segunda vez, engoliu mais água e surgiram as planícies, "e, se ela julgar que deve engolir a água uma terceira vez, a sua arte se tornará inútil".

Moral: A fábula mostra que os que fazem pouco dos que são melhores se esquecem de que podem ter para si próprios grandes aborrecimentos da parte deles[7].

20. Os dois galos e a águia

Dois galos viviam às turras por causa de galinhas, até que um pôs o outro em fuga. Então, o galo derrotado se retirou para um lugar coberto e se escondeu. O vencedor, por sua vez, levantou vôo, empoleirou-se no alto de um muro e pôs-se a cantar com muito vigor. Logo uma águia se atirou sobre ele e o arrebatou. E o outro galo, que estava escondido na sombra, pôde sem mais aborrecimentos cobrir as galinhas.

Moral: A fábula mostra que o Senhor se coloca contra os orgulhosos e favorece os humildes[8].

---

[7] Trata-se da única das fábulas traduzidas que fala diretamente de Esopo e, por isso mesmo, parece apócrifa. Como, porém, aparece em cinco dos manuscritos mencionados na Introdução, além de ser inserida pela expressão *Alisópou Mythoi*, com certeza Chambry julgou importante colocá-la na coleção apresentada em seu livro.

[8] A conclusão da fábula — "A fábula mostra que o Senhor se coloca contra os orgulhosos e favorece os humildes" — aparece desse modo em vários manuscritos. É claro que, pelo emprego do termo "Senhor", vemos que se trata de interferência do cristianismo. Poderia terminar a fábula do modo como está em apenas um manuscrito. "Epi tükhei kaí andréai ou dêi tina méga kaukhasthai", que significa: "Sobre sorte e coragem, ninguém deve contar vantagem".

21. Os galos e a perdiz

Um homem que criava galos em casa, tendo encontrado uma perdiz doméstica à venda, comprou-a e a levou para casa, para alimentá-la em seu quintal. Como os galos batessem nela querendo expulsá-la, a perdiz tudo suportava, pois atribuía essa rejeição ao fato dela ser de outra raça. Depois de algum tempo, porém, observando os galos brigarem entre si e não se apartarem antes de se ferir até sangrar, disse a si mesma: "Eu não mais me lastimo por apanhar deles, pois ao que vejo não poupam nem a si mesmos".

Moral: A fábula mostra que os homens sensatos suportam mais facilmente as ofensas dos vizinhos quando vêem que eles não poupam nem os de casa.

22. Os pescadores e o atum

Dois pescadores se fizeram ao mar, e depois de muito esforço sem nada apanharem, os dois, desencorajados, se lastimavam, sentados no barco. Nesse momento, um atum que eles já haviam perseguido, e se salvara com grande alarido, por azar lançou-se dentro da barca. E os pescadores o pegaram, levaram-no à cidade e o venderam.

Moral: Assim, muitas vezes, o que a arte recusa, a sorte dá de graça.

23. Os pescadores (que pescaram uma pedra)

Alguns pescadores arrastavam uma rede. Como ela estivesse pesada, alegravam-se e dançavam, acreditando que lá houvesse muito peixe. Quando, porém, trouxeram a rede para a margem, encontraram nela poucos peixes: ela estava cheia de calhaus de pedras e detritos vários. Ficaram extremamente irritados, deplorando não tanto o que fora encontrado, mas por terem julgado diversamente. Um deles, então, um velho, disse: "Vamos parar, companheiros. Parece mesmo que a alegria é irmã da tristeza e, de todo modo, depois de nos termos regozijado tanto, era preciso sofrermos também algum dissabor".

Moral: Assim também, é preciso que nós, vendo como a vida é inconstante, não presumamos que sempre haverá sucesso, e que lembremos que, depois de um tempo bom, sempre vem a borrasca.

24. O pescador que toca flauta

Um pescador que sabia tocar flauta, pegou seus instrumentos e suas redes e foi para a beira do mar. Sentou-se sobre um rochedo saliente, pôs-se primeiro a tocar, julgando que os peixes, seduzidos pela doçura dos sons, saltariam por si sós da água e iriam até ele. Depois de um longo esforço, vendo que nada conseguia, deixou de lado as flautas, pegou sua rede, atirou-a na água, de onde a retirou cheia de peixes. Jogou-os sobre a margem e, ao ver que eles se agitavam, disse: "Ó malditos animais, quando eu tocava, vocês não dançaram, mas o fazem agora que parei".

Moral: A fábula se aplica aos que fazem algo fora do tempo.

25. O pescador (e os peixes grandes e pequenos)

Um pescador, ao retirar do mar sua rede, viu que tinha capturado grandes peixes e os estendeu no chão. Os peixes menores porém escaparam para o mar através das malhas.

Moral: É fácil a salvação para os que não têm muito, mas raramente se vê o que tem muito renome escapar dos perigos.

26. O pescador e o peixinho

Um pescador que armara sua rede no mar, pescou apenas um peixinho. Como era um peixe pequeno, este o suplicou que não o pegasse agora, mas que o soltasse, devido a seu pouco tamanho. "Quando eu crescer e ficar grande", disse, "tu me podes pegar, pois então serei para ti de mais utilidade". Mas o pescador revidou: "Eu seria mesmo um tolo, se abandonasse a vantagem que tenho nas mãos, mesmo que seja pequena, na esperança de retomá-la quando se tornar grande".

Moral: A fábula fala da insensatez de abrir mão de uma vantagem, por menor que seja, sem a certeza de obter uma maior.

27. O pescador (que batia na água)

Um homem pescava em um rio. Após ter estendido as redes atravessadas de uma margem a outra da correnteza, amarrou uma pedra em uma corda, e com ela batia na água, para que os peixes, assustados, fugissem para dentro da rede. Um dos habitantes da região, que presenciara a manobra, censurou-o por bater no rio, o que turvava a água de beber. E ele respondeu: "Mas se o rio não for assim agitado, acabarei morrendo de fome".

Moral: *Assim também, nas cidades, os demagogos tiram vantagem semeando a discórdia entre seus cidadãos.*

28. A alcíone

A alcíone é um pássaro que ama a solidão e passa toda sua vida no mar. Contam que, para escapar das caçadas dos homens, faz seu ninho em rochedos da costa. Certo dia, estando prestes a botar, subiu ela a um promontório e, vendo um rochedo que se inclinava para o mar, ali fez seu ninho. Mas, certa vez em que saíra à cata de alimento, o mar, agitado por uma forte ventania, elevou-se até o ninho, inundou-o e afogou os filhotes. Quando a alcíone voltou e se deu conta do ocorrido, disse: "Pobre de mim, que para me resguardar das insídias da terra, refugiei-me junto ao mar, que se mostrou mais traiçoeiro ainda!".

Moral: *Assim também há alguns homens que, pondo-se em guarda contra os inimigos, muitas vezes se refugiam nos braços de amigos muito mais perigosos que aqueles.*

29. As raposas (à beira do meandro)

Um dia, algumas raposas estavam reunidas junto à beira do Rio Meandro[9], pois queriam nele beber. Mas, como a correnteza fosse muito impetuosa, uma instigava a outra, mas nenhuma criava coragem de entrar na água. Uma delas, tomou a palavra com a

[9] Meandro, rio da Frígia, tornado proverbial por ser muito sinuoso.

intenção de humilhar as restantes, fez pouco da covardia das outras e, vangloriando-se de ser mais corajosa audaciosamente atirou-se na água. A correnteza porém arrastou-a para o meio, e as restantes, paradas na margem do rio, gritavam: "Não nos deixes, volta e mostra-nos como poderemos beber sem perigo!". E ela, sendo levada pela corrente, respondeu: "Tenho uma mensagem para Mileto[10] e quero levá-la até lá. Quando voltar, mostrarei para vocês como fazer".

Moral: *Para aqueles que, por fanfarronice, colocam a si próprios em perigo.*

30. A raposa com a barriga inchada

N. MENGDEN

Uma raposa faminta percebeu, dentro do buraco de um carvalho, pães e carne lá deixados por pastores; entrou lá comeu tudo. Mas como sua barriga ficasse inchada e a raposa não conseguisse sair do

[10] Mileto, cidade grega da Ásia Menor, na embocadura do Rio Meandro.

buraco, pôs-se a gemer e a lastimar-se. Ao ouvir seu pranto, outra raposa que passava por ali aproximou-se e perguntou a causa. Quando soube do problema, disse-lhe: "Ora, fica aí dentro pelo tempo necessário, até que voltes a ser como eras quando entraste e, então sairás sem problemas".

Moral: *A fábula mostra que o tempo resolve as questões difíceis.*

31. A raposa e a sarça

Uma raposa foi atravessar uma cerca quando escorregou e, estando a ponto de cair, agarrou-se a uma sarça para se salvar. Então, como o espinheiro ferisse suas patas, disse-lhe a raposa: "Ai de mim! Procurei-te para salvar-me, e tu me trataste de forma pior". "Mas erraste, amiga", disse a sarça, "querendo agarrar-te a mim, que tenho o hábito de agarrar todo mundo".

Moral: *A fábula sugere que também entre os homens, é tolice buscar a ajuda daqueles cuja natureza é fazer o mal.*

32. A raposa e o cacho de uvas

Uma raposa faminta viu uns cachos de uva pendentes de uma vinha; quis pegá-los mas não conseguiu. Então, afastou-se murmurando: "Estão verdes demais".

Moral: *Assim também, alguns homens, não conseguindo realizar seus negócios por incapacidade, acusam as circunstâncias*[11].

Boris Artzybasheff

[11] A lição de moral dessa fábula tão conhecida diz, em síntese, que, se alguém não conseguiu algo, foi porque as circunstâncias não ajudaram. A idéia de desprezo, que se incorporou a essa fábula — "as uvas estão verdes, então

33. A raposa e o dragão

Havia uma figueira no caminho; uma raposa, que vira um dragão dormindo à sua sombra, invejou o seu tamanho. Querendo igualar-se a ele, deitou-se ao seu lado e tentou esticar-se até que, exagerando em seu esforço, acabou por romper-se.

Moral: Assim sofrem os que desejam igualar-se aos mais fortes; com efeito, eles próprios se prejudicam.

34. A raposa e o lenhador

Uma raposa, fugindo de caçadores, viu um lenhador e suplicou-lhe um esconderijo. Ele a convidou a entrar em sua cabana e lá esconder-se. Logo depois chegaram os caçadores, que perguntaram ao lenhador se vira uma raposa passar. O lenhador, negou em voz alta tê-la visto mas, com a mão, fez um gesto indicando seu esconderijo. Os caçadores, sem notarem o gesto, acreditaram em suas palavras. A raposa, vendo-os ir embora, saiu de lá e partiu sem dizer nada. Como o lenhador a censurasse por não dizer uma palavra sequer de agradecimento por tê-la salva, a raposa disse: "Eu teria te agradecido se entre as palavras e o gesto que fizeste com a mão houvesse correspondência".

Moral: Aplica-se essa fábula àqueles, dentre os homens, que proclamam o bem em alto e bom som, mas se portam com maldade em seu agir.

35. A raposa e o crocodilo

Uma raposa e um crocodilo discutiam sobre sua nobreza. O crocodilo falou em detalhes sobre o valor de seus ancestrais, e acabou por dizer que seus pais eram ginasiarcas[12]; então a raposa

---

não prestam" — surge primeiramente no texto de Fedro, em cuja lição de moral aparece o verbo latino *eleuare*, que significa "menosprezar". Essa mesma moral passou a ser mantida pelos fabulistas seguintes.

[12] Ginasiarca era um cidadão escolhido em Atenas por sua tribo, por tempo determinado, e encarregado das despesas dos entretenimentos nos

disse: “Mas também tu não precisarias dizer, com a pele que apresentas, que há muitos anos és ginasiarca”.

Moral: Aos homens mentirosos, os fatos servem como argumento de refutação.

36. A raposa e o cão

Uma raposa, que se insinuara em um rebanho de carneiros, pegou um dos cordeiros que ainda mamava e fingiu acariciá-lo. Perguntou-lhe um cão por que fazia isso, e ela respondeu: “Eu o mimo e brinco com ele”. E respondeu-lhe o cão: “Mas agora, se não deixares o cordeiro por ti mesma, far-te-ei carícias de cão”.

Moral: A fábula se aplica ao homem velhaco e ao ladrão desajeitado.

37. A raposa e a pantera

Uma raposa e uma pantera discutiam sobre sua beleza. Como a pantera não parasse de gabar-se do brilho de seu pêlo, a raposa a interrompeu dizendo: “Eu sou mais bela que tu, eu sou brilhante não no pêlo, mas na inteligência!”.

Moral: A fábula mostra que a grandeza da inteligência é superior à beleza do corpo.

38. A raposa e o macaco (eleito rei)

Em uma assembléia de animais, um macaco, que obtivera o favor de todos com seus trejeitos, foi por eles eleito rei. A raposa não se continha de ciúmes; como visse em uma armadilha um pedaço de carne, conduziu o macaco até lá, dizendo ter encontrado um tesouro, mas que dele não tirara proveito próprio para reservá-lo à sua majestade, e convidou-o a pegar o tesouro. O macaco apro-

---

ginásios (centros esportivos) e do pagamento dos que treinavam os jovens para se apresentarem em festas e cerimônias.

ximou-se sem cuidado e acabou preso na armadilha. Como acusasse a raposa de tê-lo levado a uma emboscada, ela disse: "Ó macaco, tolo como és, ainda queres ser rei dos animais?".

Moral: Assim, os que se lançam a empreendimentos sem pensar duas vezes, se expõe ao fracasso e ao ridículo.

39. A raposa e o macaco (discutindo sobre a sua nobreza)

Uma raposa e um macaco, que caminhavam juntos, discutiam sobre a sua nobreza. Enquanto cada um deles expunha suas idéias, chegaram a um cemitério onde, olhando aquilo, o macaco começou a suspirar. A raposa perguntou-lhe a causa, e o macaco, apontando para as lápides, disse: "Como não chorar, diante das estelas funerárias dos libertos e dos escravos de meus pais?". Ao que a raposa respondeu: "Oh! Podes mentir tranqüilamente. De fato, nenhum deles vai levantar-se para te desmentir".

Moral: Assim também, entre os homens, os mentirosos se vangloriam apenas quando não há ninguém para contestá-los.

40. A raposa e o bode

Uma raposa caiu em um poço e não conseguia sair dali. Um bode, levado pela sede, aproximou-se do mesmo poço e, vendo a raposa, perguntou-lhe se a água estava boa. E ela, fingindo alegria em sua desgraça, teceu longo elogio à água, dizendo que estava excelente e o aconselhou a descer também. Dando ouvidos apenas ao próprio desejo, o bode desceu junto com a raposa e matou a sede, procurou saber com ela como sair. A raposa lhe disse que tinha uma idéia que poderia salvar os dois. "Apóia, pois, teus pés da frente contra a parede e inclina teus chifres. Eu subirei em teu dorso e te guindarei." O bode se prestou de boa vontade à proposta dela, e a raposa, subindo pelas pernas dele, por seus ombros e seus chifres, atingiu a boca do poço, saltou para fora e se dispôs a ir embora. Como o bode a censurasse por não respeitar o acordo, a raposa voltou-se e disse ao bode: "Meu amigo, se tivesses tantas idéias como fios de barba no queixo, não terias descido sem antes verificar como sair".

Moral: Assim também, é preciso que os homens sensatos primeiro verifiquem o resultado de uma ação antes de pô-la em prática.

41. A raposa sem cauda

Uma raposa, que tivera sua cauda cortada em uma armadilha, julgou não mais poder viver daquele modo vergonhoso. Resolveu, por isso, que seria melhor induzir as outras raposas a fazer o mesmo, para esconder, na desgraça geral, a própria inferioridade. Após ter convocado suas congêneres, exortou-as a cortarem a cauda, alegando que o rabo não era apenas um apêndice inconveniente, mas também um peso inútil. Mas uma das raposas tomou a palavra e disse: "Ó camarada, se isso não fosse algo de teu interesse, não nos terias dado esse conselho".

Moral: Essa fábula se aplica àqueles que aconselham o próximo não por benevolência, mas em seu próprio interesse.

42. A raposa (que nunca vira um leão)

ARTHUR RACKAM

Uma raposa que nunca vira um leão acabou por cruzar com um. Ao vê-lo pela primeira vez foi tomada de tanto medo que só faltou morrer. A segunda vez que o encontrou teve medo, mas não como da primeira vez. Mas a terceira vez que o viu teve coragem de aproximar-se e falar com ele.

Moral: A fábula mostra que o hábito abranda o medo até das coisas mais assustadoras.

43. A raposa e a máscara

Uma raposa entrou na oficina de um artesão. De tanto revistar suas coisas, acabou por encontrar uma cabeça de máscara trágica muito bem feita. Tomou-a nas patas e disse: "Oh! Que cabeça! Mas não tem cérebro".

Moral: A fábula é para os homens esplêndidos de corpo, mas pobres de espírito.

44. Dois homens (discutindo sobre os deuses)

Dois homens discutiam sobre qual dos deuses, Teseu[13] ou Héracles[14], seria o maior. E os deuses, enfurecidos contra eles, vingaram-se cada um sobre o país do outro.

---

[13] Teseu foi o mais famoso dos reis lendários de Atenas. Herói mítico que representou papel importante na literatura e na arte. Grande rival de Héracles pelas façanhas que praticou. Um dos textos ligados à sua vida diz ser ele um semideus, por ser filho de Zeus e de uma mortal.

[14] Héracles (Hércules romano), uma das figuras mais complexas da mitologia grega, é apresentado, ao mesmo tempo, como herói e como deus. Como herói, puramente grego, teria realizado doze trabalhos praticamente impossíveis de serem feitos por qualquer homem. Assim como Teseu, é considerado, segundo a tradição, um semideus, por ser filho de Zeus e de uma mortal. Foi tratado também como um deus, de origem oriental, e introduzido na Grécia, onde teria sido o criador dos Jogos Olímpicos.

Moral: A discórdia dos subordinados faz com que os senhores fiquem encolerizados contra seus súditos.

45. O assassino

Um assassino estava sendo perseguido pelos parentes de sua vítima. Ao chegar à margem do Nilo, deparou-se com um lobo, e trepou amedrontado em uma árvore da beira do rio e se protegeu. Mas ali percebeu uma serpente que se lançava sobre ele, e deixou-se cair no rio. No rio, porém, um crocodilo o devorou.

Moral: A fábula mostra que, para os culpados de um crime, nenhum elemento da terra, do ar ou da água oferece segurança.

46. O homem que promete o impossível

Um homem pobre estava doente. Após ter sido desenganado pelos médicos, fez uma oração aos deuses, prometendo sacrificar uma hecatombe[15] e lhes consagrar *ex-votos*[16] se se restabelecesse. "E como pretendes pagar tudo isso?" — perguntou sua mulher, que estava por perto dele. E ele disse: "Acreditas mesmo que vou restabelecer-me, para que os deuses reclamem de mim o que lhes é devido?".

Moral: A fábula mostra que os homens facilmente fazem promessas que não têm, de fato, intenção de cumprir.

47. O homem medroso e os corvos

Um homem medroso dispunha-se a partir para a guerra. Nisso os corvos grasnaram, e ele, assombrado, depôs as armas e ficou parado. Depois apanhou-as de novo e retomou seu caminho. Como

---

[15] Hecatombe era a oferta em sacrifício de cem bois. Depois o termo se generalizou, representando qualquer sacrifício de grande porte.

[16] Oferenda religiosa (estátua, monumento) para perpetuar uma lembrança.

os corvos grasnassem de novo, ele parou e lhes disse: "Vocês que gritem tão alto quanto quiserem, mas não irão comer minhas carnes".

Moral: A fábula é para os excessivamente medrosos.

48. O homem (mordido por uma formiga) e Hermes

N. MENGDEN

Um dia, observando o naufrágio de uma nau com seus passageiros, um homem pôs-se a dizer que os deuses eram injustos, pois, por causa de um único pecador, tinham feito perecer também os inocentes. Nisso, aconteceu de ele ser picado por uma das formigas que havia em quantidade no local. E o homem, mordido por uma só, pisoteou e massacrou todas elas. Hermes então apareceu-lhe e, tocando-o com o caduceu[17], disse: "E agora, não te parece que os deuses fazem justiça como tu o fizeste com as formigas?".

Moral: Não devemos blasfemar contra os deuses quando sobrevem o infortúnio, mas examinar nossas próprias faltas.

[17] Bastão usado por Hermes e que o caracterizava como deus dos pastores.

49. O homem e a mulher rabugenta

Havia uma mulher que era por demais rude com as pessoas da casa, e seu marido quis saber se ela se comportaria de forma semelhante em relação aos servos do pai. Mandou-a dali à casa do pai sob um pretexto qualquer. Após alguns dias, quando ela voltou, o homem lhe perguntou como fora o relacionamento com as pessoas da casa. Como ela respondesse: "Os boieiros e os pastores me olhavam de lado", disse-lhe ele: "Ora, mulher, se aqueles que saíam de madrugada para guardar os rebanhos e voltavam no fim da tarde te olhavam assim, como não terá sido com aqueles com os quais passavas o dia inteiro?".

Moral: Assim, muitas vezes, pelas pequenas coisas se conhecem as grandes, e pelo que é visível, o que está escondido.

50. O trapaceiro

Um trapaceiro comprometeu-se a provar para quem quer que fosse que o oráculo[18] de Delfos era mentiroso. No dia estabelecido, ele pegou na mão um pardal, escondeu-o sob o manto e dirigiu-se ao templo. Colocou-se diante do oráculo e perguntou se o que tinha nas mãos era vivo ou morto. Pretendia, se o oráculo dissesse "morto", mostrar o pardal vivo; se o oráculo respondesse "vivo", iria estrangular o pardal antes de mostrá-lo. Mas o deus, ciente da trapaça, disse: "Ó homem, pára: pois depende de ti se o que tens está morto ou vivo".

Moral: A fábula mostra que a divindade não se deixa enganar.

---

[18] Oráculos eram instituições de culto, consagradas a um deus. Instalado em santuários e administrado por sacerdotes, o oráculo tinha três elementos essenciais: um deus inspirador, um sacerdote para transmitir o pensamento divino e um lugar determinado. A palavra grega *mantéion* significava tanto a divindade que respondia à consulta quanto as respostas que ela dava e o lugar em que era feita a revelação. O oráculo de Delfos, dedicado a Apolo, foi o mais importante da Antigüidade. Conheceu o seu esplendor entre 700 e 450 a.C. Apesar de representarem o que se poderia chamar de religião popular, uma vez que geralmente respondiam com ambigüidade às consultas feitas, os oráculos gozaram de grande prestígio no mundo grego.

51. O fanfarrão

Um atleta de pentatlo, a quem seus concidadãos sempre reprovavam a falta de vigor, um dia viajou. Ao voltar, depois de algum tempo, vangloriou-se de ter realizado muitas proezas em diferentes cidades, mormente em Rodes[19], onde havia dado um salto como nenhum ganhador dos Jogos Olímpicos poderia igualar. Acrescentou que teria por testemunhas todos os espectadores se, por acaso, viessem um dia visitar sua terra. Um dos presentes tomou então a palavra e disse-lhe: "Mas, meu amigo, se isso é verdade, por que testemunhas? Rodes agora é aqui: salta!".

Moral: A fábula mostra que a prova dos fatos torna supérflua toda palavra.

52. O homem grisalho e suas mulheres

RANDOLPH CALDECOTT

Um homem grisalho era amasiado com duas mulheres, uma bem mais jovem e a outra bem mais velha que ele. A mais velha, envergonhada por freqüentar um homem mais novo, a cada visita que lhe fazia lhe arrancava fios de cabelos pretos. A mais nova, constrangida de ter um velho como amante, arrancava-lhe os cabelos brancos. Assim, aconteceu que nosso homem, tendo os cabelos arrancados por ambas, tornou-se calvo.

Moral: Assim, em qualquer circunstância, o que é anômalo é nocivo.

[19] Ilha grega que fica no extremo sudeste do Mar Egeu. É a mais importante ilha do Arquipélago Dodecaneso.

53. O náufrago

Um rico ateniense navegava com outros passageiros. Sobreveio uma violenta tempestade que virou o navio. Enquanto os demais tratavam de salvar-se a nado, o ateniense invocava a todo instante Atena, prometendo-lhe mil coisas, caso se salvasse. Um dos náufragos que nadava a seu lado lhe disse: "Invoca Atena, mas não esqueça de nadar!".

Moral: Assim também nós precisamos invocar os deuses mas fazer algo por nós mesmos. Felizes aqueles que, por suas boas ações, ainda obtêm a proteção dos deuses. Quando se cai em desgraça, é preciso se esforçar para sair dela, e só depois buscar socorro na divindade.

54. O cego

Um cego podia, pelo hábito, reconhecer qualquer animal que era colocado entre suas mãos e, tocando-o, dizer de que espécie ele era. Ora, um dia, foi-lhe apresentado um filhote de lobo, que ele apalpou e, indeciso, disse: "Não sei se é um filhote de lobo, de raposa ou de outro animal do mesmo gênero; mas em todo caso, sei bem é que não deverá estar em companhia de um rebanho de cordeiros".

Moral: Assim, a natureza dos maus, muitas vezes, se reconhece pelo corpo.

55. O mentiroso

Um homem pobre, que adoecera estava passando mal, prometeu sacrificar uma hecatombe de cem bois aos deuses se estes o deixassem bom. E os deuses, querendo pô-lo à prova, logo cuidaram dele restabelecendo sua saúde. O homem pôde, pois, deixar o leito mas, como não tinha bois verdadeiros, modelou cem animais com gordura e os sacrificou no altar, dizendo: "Recebei meu voto, ó deuses". Os deuses quiseram então pagá-lo com a mesma moeda, e lhe enviaram um sonho, induzindo-o a ir à beira do mar, pois lá encontraria o seu preço, 1.000 dracmas áticas[20]. Louco de alegria,

[20] Evidentemente, é muito difícil fazer comparação entre o valor de

foi correndo à praia, onde caiu prisioneiro de piratas, e sendo vendido por eles, encontrou o seu preço de 1.000 dracmas.

Moral: A fábula se aplica ao homem mentiroso.

56. O carvoeiro e o cardador

Um carvoeiro estabeleceu seu negócio em uma casa, e viu um cardador[21] estabelecido ali próximo. Foi falar com ele, propondo-lhe que morassem na mesma casa. Disse que se tornariam amigos e que fariam economia morando juntos, pois teriam menos gastos ocupando um só lugar. E o cardador respondeu: "Para mim isso é totalmente impossível, pois o que eu embranqueço, tu deixarias negro de carvão".

Moral: A fábula mostra que não é conveniente juntar o que é diferente.

57. Os homens e Zeus

Segundo contam, primeiro foram feitos os animais, sendo que um recebeu como graça a força; outro, a rapidez, e outro, asas. E o homem, achando-se nu, disse: "Só a mim, ó Zeus, deixaste desprovido de favores". Zeus, então, disse: "Embora não percebas o presente que te dou, recebeste, todavia, o maior, pois recebeste o raciocínio, instrumento poderoso junto aos deuses e aos homens, bem mais poderoso que os mais fortes e mais rápido que os mais rápidos". Então, o homem, tomando conhecimento do presente, prostrou-se dando graças.

Moral: Apesar de todos terem sido favorecidos com o raciocínio

---

moedas antigas e o valor atual. Os gregos, todavia, tinham quatro tipos de moedas: o óbolo, a dracma, a mina e o talento. O talento valia 6.000 dracmas; a mina, 100 dracmas e o óbolo era um centésimo da dracma. Ora, quem possuía 2 talentos podia comprar uma nau equipada, e era considerado muito rico quem tivesse 5 talentos. As dracmas áticas, referidas na fábula, deviam equivaler, possivelmente, a um sexto de talento.

[21] Artesão que desemaranhava a lã do cordeiro e a embranquecia, antes da lã ser fiada e tecida.

por um deus, alguns são insensíveis a este favor e preferem invejar os animais que não foram aquinhoados com ele.

58. O homem e a raposa

Com raiva de uma raposa que o prejudicava, certo homem capturou-a e, desejoso de uma grande vingança, atou em sua cauda um trapo embebido em óleo e ateou-lhe fogo. Porém um deus guiou a raposa aos campos daquele que lhe havia ateado o fogo. Era tempo de colheita, e o homem observava tudo, lamentando-se por não ter colhido nada.

Moral: É preciso ser indulgente e não deixar a raiva nos guiar, pois muitas vezes, por causa da cólera, há grande prejuízo para os irascíveis.

59. O homem e o leão (que viajavam juntos)

Havia um leão e um homem que viajavam juntos. Cada um contava mais vantagens que o outro. E então, no caminho, encontram uma estela[22] representando um homem que estrangulava um leão. Apontando para ela, o homem disse ao leão: "Vês como nós somos mais fortes do que vocês?". E este, sorrindo, respondeu: "Se os leões soubessem esculpir, verias muitos homens sob a pata do leão".

Moral: Muitos alardeiam coragem e audácia com palavras, mas, quando submetidos aos fatos, estes os desmentem.

60. O homem e o sátiro

Conta-se que certa vez um homem se havia ligado a um sátiro[23]

---

[22] Bloco de pedra com dizeres e figuras esculpidos, também empregada como monumento fúnebre.

[23] Os sátiros eram gênios mitológicos, originários do Peloponeso e, principalmente, da Arcádia (norte da Grécia), onde era adorado o deus Pã, de pés de cabra. Os sátiros, como ele, tinham pés, cauda e orelhas de cabra. Imitando os sátiros, os seguidores de Dioniso passaram a usar cauda e pés de cabra nas festividades religiosas oferecidas àquele deus.

N. MENGDEN

por amizade. Chegado que foi o inverno e com ele o frio, o homem levava as mãos à boca e soprava. O sátiro perguntou por que ele fazia isso e o homem explicou que esquentava as mãos por causa do frio. Mais tarde foi posta a mesa e, como a comida estivesse muito quente, o homem apanhava pequenos pedaços e os aproximava dos lábios soprando neles. Novamente o sátiro perguntou por que fazia aquilo e ele disse que resfriava a comida, que estava muito quente. "Muito bem, meu camarada! — concluiu o sátiro — termina aqui nossa amizade porque tu sopras com a mesma boca o calor e o frio".

Moral: Assim é oportuno olhar com desconfiança aqueles cujo comportamento é ambíguo.

61. O homem que quebrou uma estátua

Um homem, que possuía uma estátua de madeira de um deus, sendo pobre, vivia a implorar-lhe benefícios. Ora, mesmo fazendo isso, foi ficando cada vez mais pobre; irritado, pegou o deus pelas pernas e atirou-o contra a parede. Na pancada, a cabeça do deus se quebrou, e dela escorreu ouro. O homem então a pegou e pôs-se a gritar: "Para mim, tu és um grande patife, pois quando eu te honrava nunca me ajudaste, mas agora que te bati, me cobres de benefícios".

Moral: A fábula mostra que nada aproveitas honrando um homem mau e tiras vantagens se nele bateres.

62. O homem que encontrou um leão de ouro

Tendo encontrado um leão de ouro, um homem tão medroso quanto avarento disse: "Não sei o que farei nessa circunstância. Sinto meu juízo falhar, e não sei o que fazer; estou dividido entre minha cobiça e a minha natural covardia. Qual terá sido, pois, o acaso ou a divindade que fez um leão de ouro? Uma coisa dessas semeia a dúvida em minha alma: ela ama o ouro, mas teme a obra que dele foi feita. O desejo me leva a pegá-lo, e meu temperamento, a nem tocá-lo. Ó fortuna dada e que não permite ser tomada! Ó tesouro que não traz deleite! Ó graça divina que é sem graça! O que farei? Que recurso utilizar? Irei embora, enviarei aqui meus servos com boa escolta para pegarem o leão e eu, de longe, estarei observando".

Moral: A fábula se aplica a um rico que não ousa tocar em seu tesouro nem usá-lo.

63. O urso e a raposa

ARTHUR RACKAM

Um urso, que muito se ufanava de amar os homens, dizia que, por isso, não comia seus cadáveres. E a raposa lhe disse: "Antes devorasses os mortos e não os vivos".

Moral: Assim, a fábula reprova os ambiciosos que vivem na hipocrisia e na glória enganosa.

64. O lavrador e o lobo

Tendo desatrelado a junta de bois, um lavrador levou-os ao bebedouro. Um lobo faminto e procurando comida encontrou o arado. De início, foi lambendo as selas do jugo que prendia os bois e, depois, sem o perceber, acabou por enfiar o pescoço nele. Por fim, como não conseguisse tirá-lo dali, pôs-se a conduzir o arado pelo campo. O lavrador, ao voltar, viu esta cena e disse: "Oh! pois, besta maldita, se pelo menos tivesses renunciado às rapinas e à pilhagem para trabalhares a terra!".

Moral: Assim, os homens maus, mesmo aparentando virtudes, não têm crédito, pois seu caráter não engana a ninguém.

65. O astrônomo

JACK ORR

Um astrônomo[24] tinha o hábito de sair todas as noites para observar os astros. Certa noite, vagando pelos arredores totalmente absorvido na contemplação do céu, caiu em um poço. Como se lamentasse e gritasse, um transeunte ouviu seus gemidos, aproximou-se e, ao saber do ocorrido, disse-lhe: "Oh! amigo, tentando ver o que há no céu, tu não vês o que está sobre a terra?".

Moral: Poderia ser aplicada essa fábula àqueles que se vangloriam de fatos extraordinários, mas são incapazes de se conduzir nas coisas comuns da vida.

---

[24] O termo "astrólogos", utilizado no texto original, foi aqui traduzido por "astrônomo", diferentemente de La Fontaine. Até o século IV a.C., "astrólogo", em grego, significou "astrônomo". Foi Epicuro quem criou o termo "astrólogo", mas não no sentido moderno.

66. As rãs (que pedem um rei)

Celia M. Fiennes

Cansadas do regime de anarquia em que viviam, as rãs enviaram uma embaixada a Zeus rogando-o que lhes desse um rei. Vendo tamanha simplicidade, o deus atirou no lago um pedaço de pau. As rãs a princípio se assustaram com o barulho, e se refugiaram nas profundezas do lago. Mas depois, como o pau ficasse imóvel, elas emergiram, e sentiram tal desprezo pelo rei, que acabaram por ficarem acocorados sobre ele. Humilhadas por ter aquele rei, novamente falaram com Zeus para que lhes trocasse de chefe, pois o primeiro era por demais indolente. Zeus, irritado com isso, enviou-lhes uma hidra, que as pegou e as devorou.

Moral: A fábula mostra que é melhor ter governantes lerdos, mas não maus, do que cruéis e causadores de problemas.

67. As rãs (vizinhas)

Duas rãs eram vizinhas. Uma morava em uma lagoa profunda longe da estrada e a outra, na estrada, em uma pequena poça d'água. A da lagoa aconselhou a outra a ir morar perto dela para que tivessem uma vida melhor e mais segura, mas a outra não se deixou persuadir, alegando ser difícil sair do lugar ao qual estava habituada, até que um dia foi esmagada por um carro que por ali passava.

Moral: Assim também, entre os homens, os que cultivam maus hábitos, antes morrem do que se emendam.

68. As rãs (a procura de água)

Tendo secado o lago onde moravam, duas rãs o deixaram e foram em busca de outro, e encontraram um poço profundo. Assim que o viram, uma sugeriu para a outra: “Ó amiga, desçamos sem mais neste poço!”. A outra porém respondeu: “E, pois, se também aqui a água secar, como poderemos sair dele?”.

Moral: A fábula mostra que não é prudente aceitar, sem refletir, tudo o que nos dizem.

69. A rã (médica) e a raposa

N. MENGDEN

Uma rã, que morava em um lago, gritava para todos os animais: “Eu sou médica e conheço os remédios”. Quando a raposa a ouviu, disse: “Como salvarás os outros, se tu própria, sendo coxa, não te curas?”.

Moral: A fábula mostra que quem não é iniciado no conhecimento não pode ensiná-lo a outros.

70. Os bois e o eixo

Alguns bois puxavam uma carroça. Como o eixo rangesse, os bois se voltaram para ele dizendo: “Ó amigo, nós é que carregamos todo o fardo e tu é que gemes?”.

Moral: Assim também, alguns fingem cansaço enquanto os outros se matam de trabalhar.

71. Os três bois e o leão

Três bois que eram muito ligados dividiam tudo entre si. Um leão, querendo comê-los, não o conseguia por causa de sua união. Lançando mão de palavras enganosas, conseguiu apartá-los uns dos outros. E, ao encontrar cada um deles separadamente, os devorou.

Moral: Se quiser viver sem perigo, desconfie dos inimigos, confia nos amigos e conserva-os.

72. O carroceiro e Héracles

Um carroceiro levava sua carroça para a aldeia. Como esta caísse em um barranco profundo, em vez de tentar tirá-la, o carroceiro continuava parado invocando, entre todos os deuses, apenas Héracles, que era a quem ele mais honrava. O deus então lhe apareceu e disse: “Põe as mãos nas rodas, espicaça os bois e invoca os deuses enquanto tu mesmo estiveres labutando nisso, ou vãs serão tuas súplicas”.

73. Bóreas e o sol

Charles Robinson

Bóreas[25] e o sol discutiam quanto a seu poder. Decidiram reconhecer como vencedor aquele que despojasse um viajante de suas vestes. Começou Bóreas, soprando com força e, vendo que o homem segurasse suas vestes, o vento redobrou sua fúria. Mas o homem, mais incomodado ainda pelo frio, vestiu mais uma roupa, tanto que Bóreas, desanimado, o deixou para o sol. Este, de início brilhou moderadamente. Como o homem tirasse apenas sua segunda veste, o deus resplandeceu com mais ardor, até que, não agüentando mais o calor, o homem tirou toda a roupa e foi tomar banho no rio vizinho.

Moral: A fábula mostra que muitas vezes mais vale a persuasão que a violência.

[25] Um dos principais deuses dos ventos, ao lado de Éolo e Zéfiro. Era rápido e furioso, personificando o vento do Norte.

74. O boiadeiro e o leão

Um boiadeiro que levara seu rebanho ao pasto, perdeu um bezerro. Após ter procurado por toda parte sem encontrá-lo, prometeu a Zeus que lhe sacrificaria um cabrito se encontrasse o ladrão. A seguir entrou em um bosque de carvalhos, onde viu um leão comendo o bezerro; apavorado, levantou as mãos ao céu, dizendo: "Ó Zeus soberano, eu te prometi ainda há pouco sacrificar um cabrito se encontrasse o ladrão, mas agora te imolarei um touro se eu escapar das garras do ladrão".

Moral: Essa fábula poderia ser aplicada aos infelizes acossados pela adversidade que suplicam para encontrar o que não conhecem e, uma vez encontrado, dele querem fugir.

75. O canário e o morcego

Em uma gaiola suspensa a uma viga, havia um canário que cantava durante a noite. Um morcego ouviu de longe a sua voz e, aproximando-se, perguntou por que durante o dia ele se calava e cantava à noite. "Não é por mero capricho" — respondeu o canário, pois fora capturado de dia, por causa do seu canto. Por isso, desde então se tornara prudente. O morcego disse então: "Tuas precauções já não servem, são inúteis, mas devias ter tido cuidado antes de seres capturado".

Moral: A fábula mostra que, depois do infortúnio, é inútil mudar de comportamento.

76. A gata e Afrodite

Uma gata, que se apaixonara por um belo jovem, suplicou a Afrodite que a transformasse em mulher. A deusa apiedou-se de sua paixão e a transformou em uma bela moça. Assim que o jovem a viu, foi seduzido e a tomou por esposa. Repousavam na câmara nupcial, quando Afrodite, querendo saber se, mudando de corpo, a gata também mudara seus hábitos, soltou um rato no meio do quarto. Esquecida da sua situação, a jovem levantou-se do leito e perseguiu o rato para devorá-lo. A deusa então, indignada, a fez voltar à sua natureza anterior.

Moral: Assim também, entre os homens, os que têm mau caráter, podem até mudar de aspecto, mas não mudam certamente de natureza.

77. A gata e a lima

Uma gata, que tinha entrado na oficina de um ferreiro, pôs-se a lamber uma lima que ali se encontrava. De tanto esfregar a língua, saiu dela muito sangue. Ficou feliz, imaginando que tirava alguma coisa do ferro, até que, finalmente, perdeu todo o sangue.

Moral: A fábula visa àqueles que, por gostarem de discutir, prejudicam a si próprios.

78. O velho e a Morte

Certa vez, um velho que havia cortado madeira carregou-a nos ombros e pôs-se a andar por um longo caminho. Cansado de caminhar, deixou cair seu fardo e invocou a Morte. Esta apareceu e perguntou-lhe por que ele a chamara, e o velho disse: "Para que me ajudes a carregar meu fardo".

Moral: A fábula mostra que todo homem é amante da vida, mesmo que ela seja miserável.

79. O velho e a águia

Um velho encontrou uma águia que havia sido capturada; admirado de sua beleza, soltou-a e devolveu-a à liberdade. Ela não mostrou ingratidão e, vendo o velho recostado a um muro prestes a ruir, voou e pegou com suas garras o pano que cingia sua cabeça. Ele se levantou, perseguiu-a, e então a águia deixou cair o pano. O velho pegou de volta seu pano e, voltando ao lugar onde estivera sentado, encontrou o muro caído; e muito se admirou com a retribuição.

Moral: Os que receberam algo de bom, dêem algo em troca, pois o que de bem fizeres, a ti será devolvido.

80. O lavrador e os cães

Um lavrador, a quem o mau tempo confinava no estábulo, impedindo que saísse em busca de comida, comeu primeiro seus cordeiros. Depois, como o clima continuasse inclemente, comeu também as cabras. Por fim, como a situação se mantivesse instável, foi a vez dos bois da lavoura. Os cães, que observaram o que acontecia, disseram uns aos outros: "Vamos sair daqui, pois se nosso amo não perdoou nem os bois que trabalham com ele, como nos poupará?".

Moral: A fábula mostra que é preciso resguardar-se especialmente quanto aos criminosos, que não respeitam nem os que lhe estão próximos.

81. O lavrador e a serpente

O filho de um lavrador fora morto por uma serpente que dele se aproximara rastejando. O pai, louco de dor, armou-se de machado e ficou à espreita, perto do buraco da serpente, para feri-la assim que ela aparecesse. Quando a serpente pôs a cabeça para fora, ele desferiu uma machadada, mas errou o golpe e fendeu a rocha ao lado. Em seguida, zelando por sua segurança, propôs à serpente a reconciliação. Mas ela disse: "Nem eu poderei ser benevolente contigo ao ver a rocha fendida, nem tu comigo, sempre que olhares para o túmulo de teu filho".

Moral: A fábula mostra que as grandes inimizades são praticamente irreconciliáveis.

82. O lavrador e a serpente congelada

Um lavrador, durante um inverno rigoroso, encontrou uma serpente congelada. Apiedou-se dela, pegou-a e a pôs em seu colo. Aquecida, ela voltou à vida normal, picou seu benfeitor ferindo-o de morte. E ele, morrendo, disse: "É justo que eu sofra, pois me apiedei de uma malvada".

Moral: A fábula mostra que a má natureza é imutável, mesmo que receba os maiores benefícios.

83. O lavrador e seus filhos

Um lavrador estava para morrer. Desejoso de transmitir a seus filhos alguma experiência na agricultura, chamou-os e disse: "Meus filhos, logo eu vou deixar a vida, mas em minha vinha está escondido um tesouro". Logo depois de sua morte, os filhos, pensando em encontrar o tal tesouro enterrado, pegaram suas enxadas e reviraram todo o solo da vinha. Não encontraram tesouro nenhum, mas a vinha, com sua terra bem revolvida, deu uma colheita sem precedentes.

Moral: E assim compreenderam que o trabalho é um tesouro para os homens.

84. O lavrador e a sorte

Um lavrador, cavando, encontrou um pote de ouro. A partir de então, ele honrava a Terra todos os dias, convencido de ser-lhe devedor deste benefício. Então lhe apareceu a Sorte[26], que lhe disse: "Meu amigo, por que atribuis à Terra os dons que te concedi na intenção de enriquecer-te? De fato, se os tempos mudarem e voltares à indigência após consumires teus bens, bem sei que, será a mim, a Sorte, que tu recorrerás".

Moral: A fábula mostra que é preciso reconhecer nosso benfeitor, e a esse dar o reconhecimento.

85. O lavrador e a árvore

Na propriedade de um lavrador, havia uma árvore que não dava frutos, e servia apenas como refúgio de pardais e de cigarras barulhentas. Como ela fosse estéril, o lavrador resolveu cortá-la. Machado em punho, desferiu o primeiro golpe. As cigarras e os pardais puseram-se a suplicar que não abatesse o seu abrigo, mas que o poupasse, e assim eles poderiam cantar e alegrar o lavrador. Este porém, sem se preocupar com eles, aplicou um segundo golpe. No terceiro golpe, como fizesse um buraco na árvore, encontrou um

[26] Sorte (ou Fortuna) era considerada a deusa do destino.

enxame de abelhas e o mel. Provou dele e gostou. Atirou então o machado fora e passou a honrar a árvore, como se fosse sagrada, e a tomar conta dela.

Moral: Os homens, por natureza, não amam e respeitam o bom e justo, mas perseguem o que lhe dá vantagem.

86. Os filhos desunidos do lavrador

Os filhos de um lavrador não conseguiam se entender. Apesar de muito tentar com palavras, ele não conseguia persuadi-los a mudarem. Resolveu então chegar a seu propósito por meio de atitudes, e pediu-lhes que trouxessem um feixe de varas. Então deu-lhes as vara reunidas em um feixe e ordenou que as quebrassem. Os filhos redobraram os esforços, mas não conseguiram. Em seguida, tendo desatado os feixes, deu-lhes as varas uma a uma. Como eles as quebrassem facilmente, disse: "Viram meus filhos? Se ficarem unidos, serão invencíveis aos inimigos, mas, se estiverem desunidos serão presa fácil".

Moral: A fábula mostra que a união faz a força, assim como o que é desunido é vulnerável.

87. A velha e o médico

Uma velha, doente dos olhos, contratou os serviços de um médico. Este, cada vez que vinha à sua casa aplicar-lhe os curativos, aproveitando que ela estava de olhos fechados, roubou-lhe peça por peça toda sua baixela. Depois de ter-lhe roubado tudo, e o tratamento ter chegado ao fim, ele pediu o pagamento combinado. E, como ela não quisesse pagá-lo, ele a levou diante dos juízes. Ela explicou então que havia combinado um pagamento se ele curasse sua visão, mas que depois de curada por ele estava pior do que antes: "Pois então eu via minha baixela em minha casa", disse, "e agora não vejo mais nada!".

Moral: Assim, as pessoas sem escrúpulos, cegos pela cobiça, se esquecem de não deixar pistas contra eles.

88. A mulher e o bêbado

Uma mulher tinha se casado com um bêbado. Para livrá-lo desse vício, imaginou um artifício. Tendo observado que, quando ele embrutecido pela bebedeira caía inconsciente e parecido com um morto, carregou-o sobre os ombros, levou-o ao cemitério, lá o deitou e se retirou. Quando julgou que ele já estaria sóbrio, voltou e bateu à porta do cemitério. "Quem bate à porta?", perguntou o bêbado. E a mulher respondeu: "Sou eu, o guardião, que vim trazer comida aos mortos". E ele: "Meu caro, prefiro não comer, mas beber, e nem gosto de te ouvir falar em comida no lugar de bebida". A mulher, batendo no peito: "Oh! Como sofro", disse, "pois de nada valeu meu estratagema. De fato, homem, não só não te corrigiste, mas também te tornaste pior, pois teu vício se transformou em hábito".

Moral: A fábula mostra que não se deve permitir que as más condutas se tornem hábitos, pois estes acabam por se impor, queiramos ou não.

89. A mulher e as servas

Uma mulher viúva, amante do trabalho, tinha umas servas que ela costumava acordar de madrugada, mal cantava o galo, para trabalharem. Cansadas pelo duro trabalho sem descanso, decidiram matar o galo da casa. De fato, elas acreditavam que era ele o responsável por seus males, pois acordava a dona de madrugada. Elas fizeram então o planejado, mas sua situação ficou muito mais grave, pois a mulher, não tendo mais a indicação da hora pelo galo, as acordava ainda mais cedo.

LUCY FITCH PERKINS

Moral: Assim, para muitos, as próprias resoluções podem piorar seus males.

90. A mulher e a galinha

Uma viúva tinha uma galinha que botava um ovo por dia. Ela pensou que, se desse à galinha mais cevada, ela botaria dois ovos por dia, e aumentou sua ração. Mas a galinha ficou gorda e já não podia botar nem mesmo aquele único ovo por dia.

Moral: A fábula mostra que a ganância pode fazer perder o que se tem.

91. A maga

Uma mulher que vendia fórmulas e rituais propiciatórios para apaziguar a cólera dos deuses, era muito consultada, e ganhava com isso muito bem. Certo dia ela foi acusada de inovar em matéria de religião, e com isso a levaram à justiça e seus detratores fizeram-na condenar à morte. Uma pessoa, vendo-a ser levada do tribunal, disse: "Ó tu, que pretendias apaziguar a cólera divina, como não consegues agora nem persuadir os homens?".

Moral: A fábula mostra que muitos são capazes de prometer grandes coisas, mas incapazes de fazer as pequenas[27].

92. A novilha e o boi

Uma novilha, observando o duro trabalho de um boi, teve pena do seu sofrimento. Mais tarde, quando de uma solenidade religiosa, desatrelaram o boi e pegaram a novilha para ser sacrificada. Ao ver isso, o boi sorriu e lhe disse: "Ó novilha, era essa a razão de ser mantida ociosa, pois logo serias imolada".

Moral: A fábula mostra que o perigo espreita o ocioso.

[27] Alguns manuscritos apresentam a moral que aqui aparece entre parênteses.

93. O caçador covarde e o lenhador

Um caçador procurava a pista de um leão. Perguntou então a um lenhador se ele vira pegadas de leão e se sabia onde era sua toca. E este respondeu: “Vou-te mostrar o próprio leão agora mesmo”. O caçador ficou pálido de medo e, todo trêmulo, disse ao lenhador: “Estou procurando apenas a pista, não o próprio leão”.

Moral: A fábula se aplica aos audaciosos em palavras, mas fracos em suas ações.

94. O porco e os cordeiros

N. Mengden

Um porco se misturou a um rebanho de cordeiros e pôs-se a pastar com eles. Um dia, o pastor tentou pegá-lo, mas ele resistia gritando e dando coices. Como os cordeiros lhe reprovassem aquela gritaria, dizendo: “Nós, a quem ele sempre pega, não choramos”, o porco respondeu: “Mas minha captura e a sua são bem diferentes: a vocês ele tira vossa lã ou por causa do leite, mas a mim, por causa da minha carne”.

Moral: A fábula mostra que têm razão de gemer aqueles que estão em risco, não quanto aos bens, mas quanto à sua própria vida.

95. Os delfins, as baleias e o gujão

N. Mengden

Delfins e baleias travaram batalha entre si. Como o confronto se prolongasse e redobrasse de violência, um gujão (trata-se um peixe pequeno) emergiu e tentou reconciliá-los. Mas um dos delfins o interrompeu dizendo: "Para nós é menos humilhante combater e sermos mortos uns pelos outros do que ter a ti como mediador".

Moral: Assim, alguns homens sem nenhum valor, quando atravessam um momento conturbado, imaginam ser alguém.

96. O orador Demades

O orador Demades[28] discursava um dia em Atenas, quando percebeu que o povo não prestava muita atenção ao seu discurso. Pediu então ao povo a licença para contar uma fábula de Esopo, com o que todos concordaram. E começou dizendo: "Deméter, uma andorinha e uma enguia seguiam pelo mesmo caminho. Chegando à beira de um rio, a andorinha alçou vôo e a enguia jogou-se na água". E dito isso ficou em silêncio. Perguntaram-lhe então: "E então, o que fez Deméter?". E ele respondeu: "Ela encolerizou-se contra vocês, que negligenciam os negócios públicos para prestar atenção a fábulas de Esopo".

Moral: Do mesmo modo, são loucos os homens que menosprezam o que é necessário e preferem o que lhes dá prazer.

97. Diógenes e o calvo

Diógenes[29], o filósofo cínico, sofria as afrontas de um calvo. "Iria eu te insultar?" — exclamou — "Deus me livre! Pelo contrário, só posso elogiar os cabelos que abandonaram esse crânio malvado".

98. Diógenes em viagem

Diógenes, o cínico, durante uma viagem, parou diante de um rio que transbordava, sem saber o que fazer. Vendo seu embaraço, um homem habituado a dar a travessia do vau aproximou-se, levantou-o nos ombros, e gentilmente o levou até a outra margem. E Diógenes

---

[28] Demades (século IV a.C.) não deixou nenhum escrito. Falava de improviso e de forma bruta e popularesca. O seu modo de discursar, porém, causava grande impressão em seus contemporâneos, razão pela qual foi bastante prestigiado em Atenas. Trata-se, é claro, de texto apócrifo, assim como os de número 97 e 98, apesar de apresentarem como título *Aisópou Mythoi*.

[29] Diógenes (séculos V a IV a.C.) foi o maior discípulo de Antístenes, fundador da escola cínica. Essa escola filosófica menosprezava a ciência especulativa e acreditava que o único conhecimento legítimo era o da virtude. Os cínicos visavam o desenvolvimento da moral prática.

ficou lá maldizendo sua pobreza que o impedia de retribuir a gentileza ao seu benfeitor. Ainda pensava nisso, quando o homem, avistando outro viajante que não podia atravessar, correu até ele e o fez atravessar. Então, Diógenes aproximou-se dele e disse: "Eu é que não mais te agradeço pelas tua ajuda, pois vejo que não é por discernimento que assim ages, mas por compulsão".

Moral: A fábula mostra que espalhar boas ações tanto para pessoas de valor como para os que nada são, arrisca-se a passar não por benfeitores, mas por tolos.

99. Os carvalhos e zeus

Os carvalhos se queixaram a Zeus, dizendo: "É uma dura sina nos teres posto neste mundo, pois, mais que todas as outras árvores, somos expostos aos golpes violentos do machado". E Zeus respondeu: "A causa de sua infelicidade sois vós mesmos. Se, pois, não produzissem o cabo do machado e não fosseis tão úteis à carpintaria e à agricultura, o machado não vos abateria".

Moral: Algumas pessoas, que causam seus próprios males, censuram a divindade, atirando nela a culpa.

100. Os lenhadores e o pinheiro

Alguns lenhadores cortavam um pinheiro, e o cortavam com certa facilidade usando as cunhas feitas da madeira da própria árvore. E o pinheiro disse: "O pior de suportar não é machado que me corta, mas as cunhas que nasceram de mim".

Moral: Não é tão terrível sofrer algo de mau da parte de estranhos quanto da parte de familiares.

101. O abeto e a sarça

Um abeto e uma sarça discutiam entre si. O abeto se ufanava, dizendo: "Eu sou belo e sirvo para construir tetos de templos e navios; como ousas pois comparar-te a mim?". E a sarça respondeu:

"Se te lembrasses dos machados e das serras que te ferem, gostarias muito de ser uma sarça".

Moral: Não é bom orgulhar-se do próprio valor, pois só a vida dos humildes não corre perigo.

102. O veado (na fonte) e o leão

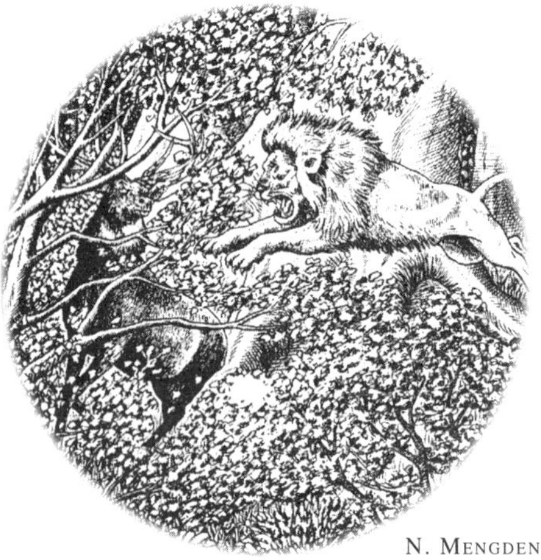

N. MENGDEN

Um veado sedento chegou a uma fonte. Depois de saciado, vendo seu reflexo na água, ficou feliz com o tamanho e as ramificações de seus chifres, mas não gostou nada de suas pernas, que lhe pareceram finas e fracas. Ainda pensava nisso, quando apareceu um leão, que começou a persegui-lo. O veado desatou a correr e tomou uma boa dianteira, pois a força que têm os veados nas pernas a têm os leões no coração. Enquanto corria pela planície nua, a distância o mantinha salvo. Chegados porém a um arvoredo, seus chifres ficaram presos nos ramos e, impedido de correr, foi apanhado. Vendo-se perto da morte, disse para si mesmo: "Ai de mim, infeliz, minhas pernas, que pensei fossem me trair, eram minha salvação, e os chifres, de que tanto gostei, foram a minha perdição".

Moral: Assim, muitas vezes, no perigo, os amigos em que menos confiamos é que nos salvam, e aqueles em que tanto acreditamos nos traem.

103. A corça e a vinha

Uma corça, fugindo de caçadores, escondeu-se em uma vinha. Como os caçadores passaram adiante, acreditando que estava bem escondida, a corça começou a comer as folhas da vinha. Os caçadores porém, que passavam de volta, viram as folhas se agitarem e atiraram suas flechas, acertando a corça. Já à morte, esta exclamou: "Bem o mereci, pois não devia ter prejudicado quem me salvou".

Moral: A fábula poderia se aplicar a quem se mostra ingrato para com seus benfeitores, que atrai para si a punição divina.

104. O veado e o leão (na caverna)

Um veado, perseguido por caçadores, chegou diante de uma caverna onde estava um leão. O veado entrou ali para se esconder, onde foi apanhado pelo leão. E estando já à morte, ele se lamentava: "Triste sina a minha! Para fugir de homens, joguei-me a uma fera".

Moral: Assim são alguns homens: temendo um pequeno perigo, atiram-se eles próprios a outro maior.

105. O veado caolho

N. Mengden

Um veado, cego de um olho, pastava tranqüilamente junto à beira do mar; mantinha o olho bom voltado para a terra para prevenir-se quanto à chegada de caçadores, e o olho cego voltado para o mar, de onde não esperava perigo algum. Mas, algumas pessoas que navegavam por ali o viram e o abateram com suas flechas. E, enquanto entregava seu espírito, disse o veado a si mesmo: "Sou mesmo um infeliz, eu que vigiava a terra como hostil, e o mar, onde eu tinha procurado refúgio, se mostrou muito mais funesto".

Moral: Assim, muitas vezes, ao reavaliarmos as coisas, veremos que algumas que nos parecem ruins são vantajosas, e as que julgamos salutares são prejudiciais.

106. O cabrito (dentro de casa) e o lobo

Um cabrito que estava abrigado dentro de uma casa viu passar um lobo e começou a injuriá-lo e a rir-se dele. E o lobo retorquiu: "Ora veja, não és tu que me injurias, mas sim a posição que ocupas".

Moral: A fábula mostra que muitas vezes a audácia de desafiar os mais fortes é fruto das circunstâncias.

107. O cabrito e o lobo (que toca flauta)

Um cabrito, que atrasara o passo em relação ao rebanho, era perseguido por um lobo. Ele se vira então e diz ao lobo: "Ó lobo! Não duvido que eu vá ser tua comida. Mas para que eu não tenha uma morte sem honra, toca flauta para que eu dance". Assim que o lobo tocou a flauta e o cabrito dançou, os cães ouviram, atacaram o lobo e o puseram em fuga. O lobo, então, virou-se para o cabrito e disse: "É bem isso que eu mereci, pois eu, sendo um carniceiro, não deveria tocar flauta".

Moral: Assim, os que fazem algo sem levar em conta as circunstâncias, perdem o que tem em mãos.

108. Hermes e o escultor

Hermes, desejoso de saber o quanto era honrado pelos mortais, assumiu figura humana e foi à oficina de um escultor. Vendo lá uma estátua de Zeus, indagou o seu preço. O artesão lhe disse que custava uma dracma; e ele quis saber o preço de uma Hera. O escultor disse que era ainda mais cara. Vendo então uma estátua dele próprio, Hermes presumiu que se além de mensageiro, era também deus do ganho, os homens o deveriam ter em alta conta. Por isso, perguntou Hermes o preço da estátua, e o escultor disse: "Bem, se comprares aquelas, essa eu te darei de presente".

Moral: Essa fábula se aplica ao pretensioso, que não goza senão do desdém dos outros.

109. Hermes e a Terra

Zeus, após ter moldado o homem e a mulher, ordenou a Hermes que os levasse à Terra e lhes mostrasse o lugar onde cavá-la para obter uma gruta. Hermes cumpriu suas ordens, mas a Terra a princípio resistiu. E como Hermes a intimasse a obedecer às ordens de Zeus, ela respondeu: "Bem, eles que cavem quanta terra quiserem, pois eles ma devolverão com gemidos e choros".

Moral: A fábula se aplica a quem empresta com facilidade, mas cobra em troca com sofrimento.

110. Hermes e Tirésias

Hermes, querendo por à prova a arte de adivinhação de Tirésias[30] e ver se era verdadeira, roubou os bois do adivinho que estavam no campo, foi ter com ele na cidade, sob a forma de um mortal, e a ele se apresentou. Assim que soube da perda da junta de bois, Tirésias levou Hermes para fora da cidade para observar algum sinal sobre o roubo. Tirésias pediu então a Hermes que lhe descrevesse todo pássaro que ele via. Hermes viu primeiro uma águia que voava da

---

[30] Tirésias, o cego, foi o maior adivinho da Antigüidade. As adivinhações exerceram papel muito importante na vida dos gregos. Eles acreditavam plenamente na vontade que tinham os deuses de informar o futuro através de presságios e nunca duvidaram da possibilidade de, através de sinais e de sonhos, prever os acontecimentos. Esses sinais e sonhos geralmente eram decifrados pelos adivinhos, que usavam de técnicas especiais para essa interpretação. Os adivinhos *(mânteis)* e os intérpretes de sonhos *(oneiropóloi)* gozavam de grande reputação. O fato de Tirésias ser cego concorreu de forma positiva para o aumento de seu prestígio.

sua esquerda para a direita, e descreveu a cena. Tirésias disse que esse pássaro não interessava. Em uma segunda tentativa, Hermes viu uma gralha, pousada em uma árvore, olhando ora para cima, ora para a terra, e relatou isso ao adivinho. Tirésias, tomando a palavra, disse: "Bem, pelo menos essa gralha jura pelo Céu e pela Terra que, se tu o consentires, encontrarei meus bois".

Moral: Poder-se-ia aplicar essa fábula a um ladrão.

111. Hermes e os artesãos

Zeus ordenou a Hermes de despejar sobre todos os artesãos o veneno da mentira. Hermes triturou o veneno, dividiu-o em porções iguais, e as espalhou. Mas, como restava apenas um sapateiro e houvesse ainda muito veneno, Hermes jogou sobre ele todo o conteúdo do almofariz. Depois de então, todos os artesãos passaram a mentir, mas os sapateiros mais que todos.

Moral: A fábula se aplica ao mentiroso.

112. O carro de Hermes e os árabes

Certo dia em que Hermes conduzia por toda a terra um carro cheio de mentiras, de maldades e de fraudes, por onde passava ia distribuindo um pouco da carga. Mas, quando chegou ao país dos árabes, contam que o carro de repente quebrou. E os árabes, diante daquela carga preciosa, pilharam o carro e não deixaram que o deus a levasse para outros povos.

Moral: Os árabes, mais que qualquer outro povo, são mentirosos e enganadores; com efeito, em sua língua não há verdade[31].

---

[31] Essa visão negativa dos árabes era muito comum entre os gregos, que os consideravam os mais bárbaros dos bárbaros. Para eles, todos eram bárbaros, salvo eles próprios. Diziam que os outros falavam de forma esquisita, mais ou menos como bah-bah-bah. Daí surgiu a palavra "bárbaro".

113. O eunuco e o sacrificador

Um eunuco foi procurar um sacrificador, pedindo-lhe que fizesse um sacrifício em seu favor, a fim de que ele se tornasse pai de crianças. O sacrificador disse: "Quando eu oferecer o sacrifício, pedirei que tu te tornes pai, mas, olhando para ti, não me pareces um homem".

114. Os dois inimigos

O destino juntou dois homens que se odiavam a navegar no mesmo barco, mas estando um na popa e outro na proa. Caiu porém uma tempestade, e o barco estava prestes a naufragar. O que estava na popa então perguntou ao piloto qual parte do barco iria submergir primeiro. Como o piloto dissesse que era a proa, ele disse: "Então para mim, não haverá tristeza na morte, pois verei meu inimigo morrer antes de mim".

Moral: A fábula mostra que alguns homens não se importam nem um pouco com seus próprios prejuízos, desde que possam ver seus inimigos prejudicados antes deles.

115. A víbora e a raposa

Uma víbora era levada pela correnteza do rio sobre um feixe de arbustos. Uma raposa que passava por lá, ao vê-la, disse: "O piloto é digno da nau".

Moral: Aplica-se ao homem mau que se mete em ações perversas.

116. A víbora e a lima

Uma víbora que se insinuara na oficina de um ferreiro, começou a pedir às ferramentas que lhe dessem alguma coisa. Após ter recolhido a contribuição dos demais instrumentos, dirigiu-se à lima, solicitando também um donativo. E a lima disse então: "Mas és mesmo tola, se julgas que vais obter algo de mim, eu que costumo não dar nada a ninguém, mas tirar".

Moral: A fábula mostra que são tolos os que esperam tirar algum proveito dos avarentos.

117. A víbora e a hidra

N. MENGDEN

Uma víbora vinha regularmente beber de uma fonte. Uma hidra que lá vivia se lhe opunha, e ficou irritada porque a víbora, não contente com o próprio território, invadia também o seu domínio. Como a querela não parava de se agravar, decidiram travar uma batalha: quem ganhasse se tornaria dono do território e da água. Fixado o dia, as rãs, por ódio da hidra, se achegaram à víbora e a encorajaram, prometendo que seriam suas aliadas no combate. Começado o duelo, enquanto a víbora lutava contra a hidra, as rãs, nada mais podendo fazer, emitiam altos gritos. Após a vitória, a víbora repreendeu-as, pois haviam prometido combater com ela, mas não a socorreram durante o combate limitando-se a cantar. E as rãs lhe responderam: "Mas entende, ó minha cara, a nossa ajuda não é através das mãos, mas apenas pela voz".

Moral: A fábula mostra que, quando se tem necessidade das mãos, o socorro através de palavras de nada serve.

118. Zeus e o pudor

Após ter moldado os homens, Zeus colocou neles diversas tendências, esquecendo-se apenas de introduzir o Pudor. Não tendo onde colocá-lo, ordenou-lhe que entrasse pelo reto. O Pudor, mortificado, começou por se revoltar contra a ordem. Depois, como o deus muito o pressionasse, disse: "Está bem, eu entro, mas com uma condição: se mais alguém entrar atrás de mim, eu sairei imediatamente". Eis porque, depois disso, os pornográficos não têm pudor.

Moral: A fábula poderia se aplicar aos efeminados que tomados pela paixão perdem a vergonha.

119. Zeus e a raposa

Zeus, admirado com a inteligência e a sutileza da raposa, confiou-lhe a realeza dos animais. Ele quis porém saber se a mudança de condição mudara também sua sórdida cobiça, e lançou diante de seus olhos um escaravelho, enquanto ela era levada em uma liteira. Então, incapaz de conter-se, quando o escaravelho começou a rodear a liteira, a raposa pulou fora e, toda atrapalhada, tentou pegá-lo. Zeus, indignado com sua conduta, devolveu à raposa o antigo estado.

Moral: A fábula mostra que os homens medíocres, mesmo que atinjam brilhante aparência, não mudam sua natureza.

120. Zeus e os homens

Após ter moldado os homens, Zeus ordenou a Hermes que lhes

infundisse a inteligência. Hermes dividiu-a em partes iguais e derramou-a sobre cada um. Em conseqüência disso, os homens pequenos, preenchidos pela porção que lhes cabia, tornaram-se sensatos, e os altos, como o líquido não lhes penetrasse o corpo todo, tornaram-se menos sensatos que os demais.

Moral: A fábula aplica-se ao homem alto de corpo mas desprovido de espírito.

121. Zeus e Apolo

Zeus e Apolo[32] disputavam o tiro com o arco. Apolo distendeu seu arco e atirou uma flecha; Zeus distendeu então a perna e mandou a flecha tão longe quanto a de Apolo.

Moral: Assim, os que rivalizam com os mais fortes não os igualam, e ainda expõem-se ao riso.

122. Zeus e a serpente

Nas bodas de Zeus, todos os animais lhe trouxeram presentes, cada um de acordo com suas posses. Uma serpente subiu rastejando até ele, levando uma rosa na boca. Quando Zeus a viu, disse: "Me agradam os presentes de todos os outros, mesmo que me sejam entregues com os pés, mas de tua boca não quero receber nada!".

Moral: A fábula mostra que, de quem é mau, até os favores metem medo.

---

[32] Apolo era filho de Zeus e da mortal Latona e irmão gêmeo de Artemis (Diana romana). Ao nascerem, ambos, em vez de serem amamentados pela mãe, receberam néctar e ambrosia, alimento dos deuses que os tornou imortais. Entre outras atribuições, Apolo era o deus da música, da poesia, da medicina e da harmonia, sendo o responsável pela regularidade do mundo. Era o deus inspirador do Oráculo de Delfos.

123. Zeus e o tonel de bens

Zeus, tendo fechado todos os bens em um tonel, deixou-o com um homem. Este, curioso de saber o que havia dentro do tonel, levantou a tampa e todos os bens voaram para os deuses.

Moral: Uma única esperança resta aos homens: que lhes sejam devolvidos os bens perdidos.

124. Zeus, Prometeu, Atena e Momo

Zeus criara um touro; Prometeu, um homem; e Atena, uma casa; e eles tomaram Momo como árbitro[33]. Invejoso de seus trabalhos, começou dizendo que Zeus fora leviano por não ter posto os olhos do touro sobre os chifres para que ele visse onde atacava; Prometeu, por não ter colocado o coração dos homens do lado de fora para impedir que o vício se escondesse e cada um deixasse claro o que tinha em seu espírito e concluiu dizendo que Atena devia ter feito a casa com rodas, o que teria facilitado a mudança no caso de vir a ter um vizinho desagradável. Zeus, indignado com tanta inveja, expulsou Momo do Olimpo[34].

Moral: A fábula mostra que não há nada tão perfeito que não possa sofrer crítica.

---

[33] *Prometeu* pertencia à raça dos Titãs, geração divina advinda da união entre o Céu (Ouranos) e a Terra (Gaia), cujo deus-chefe era o Tempo (Cronos). Prometeu amava os homens e teria sido mesmo, segundo a tradição divina, o seu criador, por ordem de Zeus. O fato de querer bem à raça humana levou-o a, em defesa dela, desagradar profundamente o deus soberano. Ensinou aos homens, entre outras coisas, o uso do fogo e de plantas medicinais. *Atena*, deusa da sabedoria. Segundo é relatado por autores antigos, como Hesíodo (século VIII a.C.), saíra Atena diretamente da cabeça de Zeus, não tendo, portanto, mãe. *Momo*, filho do Sono e da Noite, era temido por deuses e homens por sua zombaria e seu sarcasmo. Mantinha sempre no rosto um sorriso e a todos dirigia ditos ferinos. Segundo a lenda, teria sido expulso do Olimpo pelos deuses, passando, desde então, a viver entre os homens.

[34] O *Olimpo*, morada dos deuses, é uma montanha nas fronteiras da Tessália (região da Grécia) com a Macedônia.

125. Zeus e a tartaruga

Zeus convidara todos os animais ao banquete de suas núpcias. Só a tartaruga faltou. Intrigado, no dia seguinte o deus perguntou-lhe por que só ela não tinha ido à festa. E ela disse: "Casa amiga, casa melhor". Indignado, Zeus condenou-a a levar a todo lugar sua casa às costas.

Moral: Assim, muitos homens preferem a frugalidade de seu lar a fartar-se em uma casa alheia.

126. Zeus juiz

Zeus mandou que Hermes inscrevesse sobre conchas as faltas dos homens, e que as recolhesse junto dele em uma caixa para que ele pudesse fazer justiça a cada um. As conchas porém ficaram misturadas entre si, de modo que umas chegaram mais cedo que outras às mãos de Zeus, que deveria julgá-las com justiça.

Moral: Não é para ficar admirado ao vermos os injustos e os maus não receberem tão depressa o castigo por suas faltas.

127. O sol e as rãs

Em um dia de verão, celebravam-se as núpcias do sol. Grande era a alegria entre todos os animais e também entre as rãs. Mas uma delas disse: "Ó tolas, por que tanta alegria? Pensai bem, se ele sozinho já seca todo o lodo, se vier a gerar uma criança semelhante a ele, por quais agruras não teremos de passar?".

Moral: Muitos, irrefletidamente, alegram-se com coisas que não trazem alegria.

128. A mula

Uma mula, de tanto comer cevada havia engordado; começou então a pular, gritando para si mesma: "Meu pai é um belo cavalo, e ligeiro na corrida; e eu sou exatamente como ele". Então, chegou um dia em que a mula viu-se na necessidade de correr. Após a corrida, ela, triste, lembrou-se de repente que seu pai era um asno.

Moral: A fábula mostra que é sensato, mesmo nos momentos de glória, nunca esquecer-se da própria origem, pois esta vida não é senão incerteza.

129. Héracles e Atena

N. MENGDEN

Caminhava Héracles por um caminho estreito, quando viu no chão um objeto parecido com uma maçã, e quis esmagá-lo. Observou porém que o tal objeto dobrara de tamanho, e ainda mais o pisou e nele bateu com seu porrete. A coisa, porém, estufou e aumentou tanto de tamanho que obstruiu o caminho. Ele largou pois o porrete e olhou admirado o acontecido. Foi quando Atena lhe apareceu e disse: "Pára, irmão, isso que vês é a disputa e a discórdia. Se o deixarmos tranqüilo, continua com o mesmo tamanho mas, se o combatermos, ele infla".

Moral: Para todos é claro que os combates e as discórdias são causas de grande mal.

130. Héracles e Pluto

Héracles, que fora aceito como igual entre os deuses e recebido à mesa de Zeus, saudava cada um com muita cordialidade. Mas quando por último chegou Pluto[35], Héracles voltou os olhos para o chão e virou-lhe as costas. Surpreso com sua conduta, Zeus perguntou-lhe por que, tendo saudado com alegria as demais divindades, só ignorou Pluto. E Héracles respondeu: "Se eu desvio o olhar dele é porque, quando eu estava entre os mortais, eu o via quase sempre freqüentar os maus"[36].

Moral: A fábula poderia ser aplicada a um homem enriquecido pela sorte, mas mau de caráter.

131. O herói

Um homem tinha em sua casa o altar de um herói, a quem oferecia muitos e ricos sacrifícios. Como sempre gastasse com isso grandes somas, o herói lhe apareceu uma noite e disse: "Pára, meu amigo, de dilapidar teus bens: pois se gastares toda tua fortuna e ficares pobre, me julgarás o responsável por isso".

Moral: Assim, muitas pessoas responsabilizam os deuses pelo infortúnio devido à sua falta de reflexão.

---

[35] Pluto era o deus da riqueza. Diziam alguns que era filho de Deméter (Ceres romana).

[36] A fala final de Héracles mostra bem a complexidade de sua verdadeira situação entre os gregos. A frase dá a entender que ele teria sido um herói ou um semideus que teria sido convertido efetivamente em um deus.

132. O atum e o delfim

N. Mengden

Um atum, perseguido por um golfinho, fazia muito barulho. Quando estava para ser capturado, no calor da fuga, atirou-se sem querer sobre a margem. O golfinho, também levado pelo mesmo impulso, veio parar junto dele. E o atum virou-se, viu o outro agonizando, e disse: "A morte já não me é tão amarga, pois vejo morrendo comigo o causador da minha perdição".

Moral: A fábula mostra que os homens facilmente suportam as infelicidades quando vêem que delas partilham também os seus causadores.

133. O médico ignorante

Certo médico era muito ignorante. Tratava de um doente, enquanto os demais médicos diziam que ele não corria perigo, embora sua doença pudesse durar muito tempo. Só o médico ignorante recomendou ao doente que tomasse todas as providências: "pois não passarás de amanhã". Dito isso, foi-se embora. Passado

algum tempo, o doente levantou-se e saiu andando, pálido e com passo trêmulo. Encontrou o tal médico, que lhe disse: "Bom dia! Como vão os que moram lá embaixo?". Ao que ele respondeu: "São tranqüilos, porque beberam da água do Letes[37]. Mas, há pouco, a Morte[38] e Hades[39] esbravejavam terríveis ameaças contra todos os médicos que não deixam os doentes morrer, e inscreveram seus nomes em um registro. Eles iam te inscrever também, mas eu os supliquei de joelhos, e jurei-lhes que tu não eras médico de verdade e que teu nome estava lá escrito erradamente".

Moral: A presente fábula condena os médicos sem conhecimento e sem talento mas que falam bem.

---

[37] Letes era o rio que levava os mortos aos Infernos. Beber de sua água levava ao esquecimento.

[38] A Morte personificada recebe realmente o nome de Tánatos ("morte", em grego). Seria filha da Noite e irmã do Sono.

[39] Hades (Plutão romano) era o deus do mundo subterrâneo. Irmão de Zeus e de Posidão (Netuno romano), com eles dividia o império do mundo. A lenda mais importante sobre Hades é a que conta que ele, apaixonado por Perséfone, filha de Deméter, a teria raptado e levado para os Infernos. Deméter, deusa da terra e do seu cultivo, deixa de lado suas atribuições e põe-se apenas a chorar. O seu pranto transforma-se em chuva, e as terras ficam tão alagadas que não conseguem produzir. Os deuses reúnem-se no Olimpo e chamam Deméter e Hades, decidindo então que metade do ano Perséfone ficaria com a mãe e a outra metade, nos Infernos. Teriam surgido daí as estações do ano: primavera e verão, quando a jovem está com a mãe, e outono e inverno, quando ela está com Hades.

134. O médico e o doente

Nos funerais de um amigo, um médico repetia para os acompanhantes do cortejo: “Este homem, se tivesse abandonado o uso do vinho e se tivesse usado lavagens, ainda estaria vivo”. Um dos presentes disse-lhe então: “Ó meu querido amigo, não é agora o momento de dizeres tais coisas, quando já nada é possível fazer; devias ter-lhe dado teus conselhos quando ainda os poderia seguir”.

Moral: A fábula mostra que se deve prestar auxílio aos amigos quando dele necessitam e não depois, dando palpites quando é perdida toda esperança.

135. O falcão e a serpente

Um falcão pegou uma serpente e a levou pelos ares. E esta virou-se e o mordeu. Ao caírem ambos do alto, o falcão morreu. E a serpente lhe disse: “Por que foste tão louco a ponto de prejudicar a quem nunca te fez mal? Merecido é pois teu castigo, por me teres raptado”.

Moral: Se a cobiça leva a prejudicar os mais fracos, e se o mal recair inesperadamente sobre alguém mais forte, o cobiçoso pagará pelo mal que fez.

136. O milhafre que relincha

Um milhafre tinha uma voz estridente. Mas, como ouviu um cavalo relinchando de uma bela forma, quis de todo modo imitá-lo. Nessa tentativa, não conseguiu aprender exatamente o relinchar do cavalo e perdeu sua própria voz, não ficando nem com a voz do cavalo nem com a que tinha antes.

Moral: Pessoas vulgares e ciumentas, invejando as que têm natureza diferente da sua, acabam por perder sua própria natureza.

137. O caçador de passarinhos e a áspide

Um caçador de passarinhos, munido de visco e armadilha foi à caça. Viu um tordo sobre uma árvore muito alta, e quis pegá-lo. Então, montou a armadilha no comprimento apropriado, sem perder de vista o tordo, prestando toda atenção às alturas. E, olhando para o alto, inadvertidamente colocou os pés sobre uma áspide adormecida, que acordou, e lhe deu uma mordida letal. O caçador, já à morte, disse para si mesmo: "Pobre de mim! Ao querer caçar uma presa, eu próprio, sem perceber, me tornei presa da morte".

Moral: Assim, os que tramam planos contra o próximo, eles próprios são os primeiros a cair em desgraça.

138. O cavalo velho

Um cavalo velho e já sem fôlego para a corrida foi vendido para trabalhar na moenda. Atrelado ao moinho, lamentava-se, dizendo: "Depois de tantas corridas, a que tipo de trabalho estou reduzido!".

Moral: Não é prudente gabar-se do vigor da juventude e do renome, pois para muitos a velhice se consome em sofrimentos.

139. O cavalo, o boi, o cão e o homem

Quando Zeus criou o homem, concedeu-lhe apenas uma breve existência. Mas, usando sua inteligência, quando veio o inverno o homem construiu para si uma casa, e ali se abrigava. Ora, um dia de frio violento — e Zeus ainda mandava chuva — um cavalo, não agüentando mais ficar ao relento, correu até o homem e lhe pediu abrigo. O homem disse que só consentiria se o cavalo lhe cedesse uma parte dos anos de vida que eram dele. Este, de boa vontade, os cedeu. Pouco depois, apresentou-se um boi, que também não podia suportar o mau tempo. Da mesma forma, o homem respondeu que não o receberia antes de ter recebido dele um certo número de seus anos de vida. E o boi deu a sua parte e foi recebido. Por fim, surgiu um cão morrendo de frio e, ao preço de uma parte de seu próprio tempo de vida, obteve refúgio. Disso tudo resultou que os homens, quando vivem o tempo dado por Zeus, são puros e bons; chegados aos anos que eram do cavalo, são ufanos e altaneiros; quando chegam aos anos do boi, trabalham duro, mas, atingindo o tempo que era destinado ao cão, tornam-se irritadiços e rabugentos.

Moral: Poder-se-ia aplicar essa fábula a um velho irascível e intratável.

140. O cavalo e o cavalariço

Um cavalariço roubou a cevada do cavalo e a vendeu. Este esfregava o cavalo e o escovava o dia inteiro. Mas disse o cavalo: "Se queres de fato que eu fique belo e lustroso, não vendas mais a cevada que me alimenta".

Moral: Os ambiciosos seduzem muitas vezes os pobres com belas palavras e lisonjas tirando deles até o que é necessário.

141. O cavalo e o asno

Um homem tinha um cavalo e um asno que caminhavam carregados com seus fardos. Enquanto andavam pela planície, o asno suportou sua carga; mas chegados à montanha disse o asno ao cavalo: "Pega uma parte da minha carga, se quiseres que eu viva". O outro não quis saber, e o asno caiu na ribanceira e morreu. Sem outra saída, o dono então, colocou toda a carga sobre o cavalo, e mesmo a pele do asno que ele esfolara. E o cavalo, gemendo, gritava: "Ai de mim, tenho o que mereci! Se eu tivesse escutado o asno que me pedia um pouco de alívio, não estaria agora levando tudo, até a pele do asno!".

Moral: A fábula mostra que se o egoísmo não fizer algumas concessões aos pequenos, poderá ter prejuízos bem maiores.

142. O cavalo e o soldado

N. Mengden

Durante a guerra, um soldado alimentara com cevada seu cavalo, companheiro de todas as situações. Terminada a guerra, o cavalo passou a ser empregado em trabalhos servis e para carregar fardos pesados, e a ser alimentado só de palha. No entanto, foi anunciada uma nova guerra, ao som das trombetas; o dono então botou o arnês no cavalo, tomou das armas ele próprio e partiu. Mas o cavalo tropeçava a toda hora, sem força alguma. E disse ao dono: "Vai logo para junto dos hoplitas[40], pois me transformaste em asno: e como queres que um asno se torne de novo um cavalo?".

Moral: Em tempo de segurança e de descanso, não se deve esquecer dos tempos de infelicidade.

143. O caniço e a oliveira

Certo dia, discutiam entre si um caniço e uma oliveira a respeito de sua resistência, vigor e firmeza. A oliveira reprovava ao caniço sua fraqueza e sua impotência, que o faziam ceder facilmente a todos os ventos, e este se mantinha calado, sem responder. Logo após, quando o vento começou a soprar forte, o caniço, sacudido e vergado, sobreviveu facilmente à tempestade, mas a oliveira, que quis resistir aos ventos, foi arrancada pela sua violência.

Moral: A fábula mostra que ceder aos mais fortes traz mais vantagem que a rivalidade e a resistência.

144. O camelo (que defecou no rio)

Um camelo atravessava um rio de rápida correnteza. Defecou, e viu então seu excremento passar por ele, levado pela águas ligeiras. E disse: "O que vejo? O que estava atrás de mim ainda agora, eu vejo passando na minha frente!".

Moral: Isto se aplica a uma cidade em que os últimos e os imbecis é que dominam em vez dos primeiros e dos sensatos.

145. O camelo, o elefante e o macaco

Os animais deliberaram escolher um rei. O camelo e o elefante apresentaram-se como candidatos, contando que seu tamanho e sua força lhes dessem a preferência sobre os demais. O macaco, porém,

[40] Hoplitas eram soldados de infantaria fortemente armados com lanças e um grande escudo.

declarou que nenhum dos dois tinha aptidão para reinar: "o camelo porque não mostra sua cólera aos que o injuriam, e o elefante porque teme que um porquinho, que ele acha perigoso, nos ataque".

Moral: A fábula mostra que grandes aspirações podem ser frustradas por uma pequena causa.

146. O camelo e Zeus

O camelo, vendo o touro satisfeito com seus cornos, ficou com inveja e quis ele também tê-los parecidos. Assim foi ter com Zeus, suplicando que lhe concedesse chifres. Mas Zeus, furioso com o camelo, não satisfeito com a altura e a força que tinha, não só não lhe deu chifres, mas também cortou uma parte de suas orelhas.

Moral: Assim, muitos — cuja cobiça vê os outros com inveja — sem o perceber são privados das vantagens que tinham.

147. O camelo dançarino

Obrigado por seu próprio dono a dançar, o camelo disse: "Não é só minha dança que é sem graça, meu caminhar também".

Moral: A fábula convém a todo trabalho desprovido de graça.

148. Camelo visto pela primeira vez

A primeira vez que viram um camelo os homens ficaram com medo e, impressionados com seu porte, fugiram. Mas, depois de algum tempo, perceberam sua mansidão e animaram-se a ponto de se aproximarem. Aos poucos deram-se conta que o animal nunca se encolerizava, e passaram então a menosprezá-lo ao ponto de colocarem nele uma rédea e confiarem sua condução às crianças.

Moral: A fábula mostra que o hábito acalma o medo das coisas assustadoras.

149. Os dois escaravelhos

Um touro pastava em uma pequena ilha, e dois escaravelhos ali viviam de seu esterco. Chegado o inverno, um deles disse que pretendia mudar-se para o continente, para que o outro, ficando sozinho, tivesse alimento suficiente. Disse ainda que, se encontrasse fartura de comida, lhe traria. Voou pois até o continente, onde encontrou muito excremento fresco, e ali se estabeleceu e se alimentou. Passado o inverno, retornou à ilha. O outro, quando o viu gordo e de boa aparência, o censurou por não ter-lhe trazido o que prometera. E o primeiro disse: “Não censures a mim, mas à natureza do lugar; lá há muito alimento, mas não se pode trazer nada”.

Moral: Essa fábula convém àqueles que muito concedem aos amigos, mas apenas quando estão juntos, bastando se afastarem para nada mais lhes darem.

150. O caranguejo e a raposa

N. Mengden

Um caranguejo, que saíra das águas do mar, caminhava só pela margem em busca de alimento. Uma raposa faminta o viu e, nada tendo para comer, correu e o pegou. Quando estava para ser devorado, lamentou-se o caranguejo: “Está bem feito para mim, pois sendo uma criatura do mar, quis tornar-me da terra”.

Moral: Assim também, entre os homens, os que deixam suas ocupações naturais e se metem em outras que não lhes dizem respeito, podem esperar a desgraça.

151. O caranguejo e sua mãe

WENCESLAU HOLLAR

“Meu filho, não andes de lado”, disse a mãe ao caranguejo, “nem roces teu corpo no rochedo úmido”. E ele respondeu: “Ó mãe, se queres ensinar-me, anda tu mesma direito e eu, olhando, te imitarei”.

Moral: Para que o ensinamento surta efeito, é preciso aliar a palavra ao exemplo.

152. A nogueira

Uma nogueira que vicejava à beira de um caminho era atingida por pedradas jogadas pelos passantes. Entre suspiros, disse para si mesma: "Eu sou mesmo infeliz, pois todo ano atraio para mim insultos e pedradas".

Moral: A fábula é para os que só obtém tristezas de seus próprios bens.

153. O castor

O castor é um quadrúpede que vive no lago. Dizem que suas partes pudendas são utilizadas em certos tratamentos médicos. Assim, quando alguém o vê, persegue-o querendo cortá-las. O animal, que bem sabe porque é caçado, tenta fugir das pessoas contando com a velocidade de seus pés para se manter intacto mas, quando se vê encurralado, ele próprio corta aquelas partes, atira-as longe e, desse modo, salva sua vida.

Moral: Assim também é dar prova de bom senso, quando alguém é perseguido por causa de suas riquezas, sacrificá-las para não arriscar a vida.

154. O hortelão (regando os legumes)

Vendo um hortelão que regava seus legumes, um passante perguntou-lhe porque os legumes nativos eram floridos e fortes, e os cultivados, raquíticos e fracos. E o hortelão respondeu: "A terra é mãe deles, enquanto, para os outros, é madrasta".

Moral: Do mesmo modo, as crianças não são alimentadas por uma madrasta como o são pela mãe.

155. O jardineiro e o cão

O cão de um jardineiro caiu em um poço. O jardineiro quis retirá-lo de lá, e desceu também ele ao poço. Mas o cão, julgando que o dono vinha para afogá-lo de uma vez, virou-se para ele e o mordeu. Sob a dor da mordida, o jardineiro disse: "É bem feito para mim. De fato, por que eu tinha que me empenhar em salvar-te, se tu mesmo te atiraste para suicidar-te?".

Moral: A fábula é dirigida para os ingratos que prejudicam seus benfeitores.

156. O tocador de cítara

Um tocador de cítara, desprovido de talento, cantava o dia inteiro em sua casa, cujos muros endurecidos de estuque lhe devolviam o eco de sua voz. Imaginou, pois, que dispunha de uma bela voz. E tanto ficou convencido de estar preparado para isso, que achou oportuno apresentar-se em um teatro. Mas, uma vez no palco, cantou tão mal que foi expulso a pedradas.

Moral: Assim também, alguns oradores que pareciam ser dotados durante os estudos, quando entram na política mostram sua nulidade.

157. O tordo

Um tordo ciscava em um bosque de mirtos, de frutos tão doces que ele não conseguia sair dali. Um caçador de passarinhos, vendo que ele gostava daquele lugar, pegou-o com visco e o aprisionou. Então, ao ver-se a ponto de morrer, disse o tordo: "Pobre de mim! Pelo prazer de comer, perco minha vida".

Moral: A fábula é oportuna para o folgazão, que se perde pelo prazer.

158. Os ladrões e o galo

Ladrões se introduziram em uma casa, onde nada encontraram exceto um galo. Pegaram-no e saíram. O galo, vendo que iria ser morto por eles, pôs-se a suplicar que o deixassem, dizendo-se útil aos homens, pois os acordava antes do raiar do sol para o trabalho.

JACK ORR

Os ladrões, porém responderam: "Mais um motivo para te matarmos, pois, acordando os homens, tu nos impedes de roubar".

Moral: A fábula mostra que aquilo que mais contraria os crápulas é o que serve às pessoas de bem.

159. O estômago e os pés

O estômago e os pés disputavam sobre sua importância. Os pés diziam a toda hora que sua superioridade era tanta que até carregavam o próprio estômago. E este respondeu: "Mas, meus caros, se eu não estivesse aqui para alimentá-los, vocês não poderiam carregar coisa nenhuma".

Moral: Assim também, nas armadas, sem a inteligência de seus chefes, o número de soldados nada significa.

160. O gaio e a raposa

Um gaio faminto pousou sobre uma figueira. Constatando que os figos ainda estavam verdes ali ficou, esperando que amadurecessem. Uma raposa, notando que ele ficava lá por longo tempo, perguntou-lhe o motivo. Quando o soube, disse: "Tu erras, meu caro, ao ficares preso a uma tal esperança, pois ela é certamente sedutora, mas nada nutritiva".

Moral: Para os espíritos que amam a discussão.

161. O gaio e os corvos

Um gaio, cujo tamanho avantajado superava o dos demais gaios, acabou por menosprezar seus semelhantes e foi ter com os corvos, pedindo para ser aceito em sua sociedade. Mas os corvos, achando suspeita sua aparência e sua voz, bateram nele e o expulsaram. E o gaio, rejeitado pelos corvos, voltou para perto dos gaios. Estes, porém, ultrajados com tanta soberba, lhe recusaram a acolhida. E assim ele foi excluído tanto da sociedade de uns quanto da dos outros.

Moral: Assim também acontece entre os homens: os que abandonam sua pátria e preferem outras terras, onde não são bem-vistos por serem estrangeiros, e são malvistos por seus concidadãos que foram menosprezados.

162. O gaio e os pássaros

Com a intenção de eleger o rei dos pássaros, Zeus intimou todos a comparecerem à sua presença, para que pudesse escolher o mais belo como rei. Os pássaros foram a um rio para se lavar. Um gaio, consciente de sua feiúra, também foi; ajuntou as penas caídas dos outros pássaros e delas se revestiu. E com isso ele se tornou o mais belo de todos. No dia fixado, todos os pássaros compareceram diante de Zeus, onde o gaio ostentava a plumagem multicolorida. Quando Zeus ia nomeá-lo rei devido à sua beleza, os outros pássaros, indignados o cercaram e foram tirando dele as penas que lhes pertenciam. E ele, despojado, tornou-se de novo um gaio.

Moral: Assim também, entre os homens endividados, quando ostentam os bens alheios parecem ser alguém mas, depois que pagam as dívidas, voltam ao que eram antes.

163. O gaio e os pombos

Um gaio, tendo visto em um pombal uns pombos bem nutridos, tingiu de branco sua plumagem e se juntou a eles para tomar parte de sua mesa. Enquanto permaneceu calado, eles o tomaram por um deles e o aceitaram em sua companhia. Um belo dia, porém, por esquecimento, deixou escapar um grito, e os pombos, imediatamente, não reconhecendo sua voz, o expulsaram. E o gaio, vendo que o tratamento recebido estava acabado, foi de novo para junto dos gaios. Eles, porém, não o reconheceram por causa da cor e o rejeitaram de sua comunidade. E assim, por ter desejado ter ração dupla, foi privado de ambas.

Moral: Pois bem, também nós devemos nos contentar com o que temos, pois a cobiça não é boa conselheira e, muitas vezes, faz com que percamos o que possuímos.

164. O gaio que escapou

Um homem capturou um gaio; amarrou um fio de linho em sua pata e deu-o de presente a seu filho. Ocorreu que o gaio, não suportando o convívio com os homens, aproveitou um instante de liberdade, fugiu e voltou para seu ninho. O fio porém se embaraçou nos galhos e o gaio já não podia voar. Estando a ponto de morrer, disse a si mesmo: "Pobre de mim! Achei intolerável o cativeiro entre os homens, e sem perceber, eu mesmo me privei da vida".

Moral: Essa fábula pode-se aplicar àqueles que fogem de perigos medíocres para se atirarem a coisas piores.

165. O corvo e a raposa

Um corvo roubou um pedaço de carne, e foi pousar sobre uma árvore. Uma raposa o viu e quis apoderar-se da carne. Postou-se pois diante dele, e começou a elogiar seu tamanho e sua beleza, dizendo que nenhum outro pássaro merecia mais que ele ser rei, e que isso certamente aconteceria se ele tivesse um pouco de voz. O corvo, querendo provar-lhe que tinha também voz, abriu o bico deixando cair a carne e pôs-se a crocitar com toda sua força. A raposa correu, apanhou a carne, disse: "Ó corvo, se tu tivesses também inteligência, nada te faltaria para seres rei de todos os animais".

Moral: A fábula se aplica ao homem tolo.

166. O corvo e Hermes

Um corvo, que fora apanhado em uma armadilha, prometeu a Apolo queimar-lhe incenso se fosse salvo. Mas, passado o perigo, esqueceu a promessa. Caindo novamente em outra armadilha, deixou de invocar Apolo e dirigiu-se a Hermes, a quem também prometeu sacrifícios. Mas o deus lhe disse: "Ó miserável, como é possível confiar em ti, que renegaste o teu primeiro benfeitor, cometendo injustiça contra ele?".

Moral: Os que são ingratos com seus benfeitores, se caírem em dificuldade, não terão socorro.

167. O corvo e a cobra

Um corvo, que estava sem alimento, viu uma cobra dormindo ao sol. Mergulhou sobre ela e a pegou. Mas ela voltou-se para ele e o mordeu. Sentindo próximo seu fim, ele disse: "Infeliz que sou! Eu encontrei um belo achado e por causa dele me perdi".

Moral: Essa fábula poderia aplicar-se a um homem que, por ter descoberto um tesouro, corre perigo de morte.

168. O corvo doente

Um corvo estava muito doente, e disse à mãe: "Roga ao deus e não chores!". E a mãe respondeu: "Qual dos deuses, meu filho, terá piedade de ti? De fato, de qual deles tu, pelo menos uma vez, não roubaste carne?".

Moral: A fábula mostra que os que angariaram para si muitos inimigos nunca encontrarão um amigo quando precisarem.

169. A cotovia de topete

Uma cotovia de topete, presa em uma armadilha, deplorava sua sorte: "Ai de mim, pobre pássaro miserável que sou! Não roubei de ninguém nem ouro, nem prata, nem nada de precioso! Foi um pequeno grão de trigo que causou a minha morte!".

Moral: A fábula é para aqueles que, para conseguirem proveito mínimo, se expõem a um grande perigo.

170. A gralha e o corvo

N. MENGDEN

Uma gralha invejava ao corvo sua capacidade de anunciar presságios aos homens e predizer seu futuro, sendo, por isso, tomado como testemunha deles. E ela quis obter os mesmos privilégios. Avistou então uns viajantes que vinham passando, e empoleirou-se em uma árvore onde começou a soltar grandes gritos. Os passantes se voltaram, assustados com os gritos, mas um deles tomou a palavra e disse: "Vamos adiante, amigos, pois é só uma gralha, e seus gritos não anunciam presságios".

Moral: Assim também, entre os homens, os que rivalizam com outros mais fortes não só não podem igualá-los, mas se cobrem de ridículo.

171. A gralha e o cão

Uma gralha que oferecia sacrifícios a Atena, convidou um cão para o banquete. E este lhe perguntou: "Por que tu gastas com sacrifícios inúteis? Com efeito, a deusa te odeia tanto que não dá o menor crédito a teus presságios". E a gralha respondeu: "Mas é bem por isso que eu lhe ofereço sacrifícios, porque sei que ela me odeia, e espero que se reconcilie comigo".

Moral: Assim, há muitos que, por medo de seus inimigos, não hesitam em fazer-lhes bem.

172. Os caracóis

O filho de um agricultor assava caracóis. Ouvindo-os crepitar, disse: "Ó animais miseráveis, suas casas estão queimando e vocês cantam!".

Moral: A fábula mostra que tudo que é feito em tempo inoportuno é repreensível.

173. Um cisne (tomado por ganso)

Um homem rico alimentava juntos um ganso e um cisne. Todavia, a finalidade não era a mesma: um, de fato, pelo canto, e o outro, para a sua mesa. Ora, quando chegou o dia do ganso cumprir o destino previsto, estava anoitecendo e a escuridão não permitia distinguir uma ave de outra. Foi quando o cisne, levado no lugar do ganso, pôs-se a cantar uma melodia, prelúdio de sua morte, e pela sua voz foi reconhecido. Seu canto salvou-o da morte.

Moral: A fábula mostra que, muitas vezes, a música faz adiar o fim.

174. O cisne (e seu dono)

Dizem que os cisnes cantam na hora de sua morte. Um homem encontrou um cisne posto à venda, e como lhe dissessem que sua voz era melodiosa, ele o comprou. E, um dia, tendo convidados para a ceia, mandou buscar o cisne e lhe pediu que cantasse na festa. O cisne, porém, ficou calado. Tempos depois, julgando que estava para morrer, entoou uma trenodia[41]. Ao ouvi-lo, o dono disse: "Ora, se tu não cantas senão na hora da morte, eu fui um tolo em pedir-te para cantar naquela ocasião, em vez de imolar-te".

Moral: Assim são alguns homens que não querem fazer um favor de boa vontade, mas o fazem quando obrigados.

175. Os dois cães

Um homem tinha dois cães. A um ensinou a caçar, e fez do outro um cão de guarda. E então, quando o primeiro saía para caçar e conseguia capturar uma presa, parte do que ele obtinha o dono dava também uma parte ao outro cão. Furioso, o cão de caça censurava o companheiro, pois ele se esfalfava caçando, enquanto o outro não fazia nada e engordava à sua custa. O cão de guarda respondeu-lhe então: "Ora, não é a mim que deves censurar, e sim ao nosso dono, que me ensinou a viver no ócio, às custas do trabalho alheio".

Moral: Assim também, as crianças preguiçosas não devem ser censuradas se foram seus pais que lhes ensinaram a ser assim.

---

[41] Trenodia é uma espécie de canto fúnebre.

176. Os cães famintos

Uns cães famintos viram uns couros postos de molho dentro de um rio. Como estavam fora de seu alcance, combinaram de beber antes toda a água, e assim chegar até as peles. Mas os cães beberam tanto que estouraram antes de atingir as peles.

Moral: Assim também, alguns homens se arriscam a trabalhos perigosos na esperança de obter um proveito, e se perdem antes de atingir o que desejam.

177. O homem mordido por um cão

Mordido por um cão, um homem procurava por toda parte alguém que o curasse. Um simplório o aconselhou a estancar o sangue com pão e jogar o pão ao cachorro que o havia mordido. E o homem mordido objetou: "Mas, se eu fizer isso, fatalmente serei mordido por todos os cães da cidade".

Moral: Assim também, a maldade dos homens, sendo excitada, recrudesce e gera mais injustiças ainda.

178. O cão convidado

Um homem mandou preparar um jantar para receber seus amigos e familiares. O cão da casa, então, convidou outro cão dizendo: "Meu amigo, vem aqui jantar comigo". E o outro apareceu, alegre pelo grande jantar, e dizendo para si mesmo: "Ah! Que sorte de repente me tocou sem eu esperar! Vou-me empanturrar até saciar-me, assim amanhã, pelo menos, eu não terei fome". E, pensando nisso, abanava a cauda em sinal de confiança no amigo. O cozinheiro, ao vê-lo abanando o rabo, pegou-o pelas patas e o atirou imediatamente pela janela. E o pobre cão foi-se embora, latindo lamentoso. Um dos cães que passavam pelo mesmo caminho lhe perguntou: "Como jantaste, amigo?". E ele respondeu: "De tanto beber, estou embriagado demais e nem sei mesmo por onde saí".

Moral: A fábula mostra que não se deve confiar nos que ostentam generosidade com os bens alheios.

179. O cão de combate e os outros cães

Um cão era alimentado e treinado para combater feras. Mas quando viu uma porção delas alinhadas diante de si, arrancou a coleira do pescoço e fugiu pelas ruas. E outros cães, que já o tinham visto poderoso como um touro, perguntara-lhe: "Por que estás fugindo?". Ele respondeu: "Eu sei que vivo na fartura e que desfruto dos prazeres do corpo, mas minha vida está sempre em risco, pois combato ursos e leões". E os outros cães comentaram entre si: "Boa vida é a nossa, embora pobre, pois não temos que combater nem leões nem ursos".

Moral: Não se deve lançar-se aos perigos por orgulho e glória vã, mas evitá-los.

180. O cão, o galo e a raposa

N. Mengden

Um cão e um galo, tendo feito amizade, puseram-se a andar juntos. Ao cair da tarde, o galo subiu em uma árvore para dormir e o cão deitou-se em uma cavidade por entre as raízes da árvore. O galo, como de costume, cantou à noite. Uma raposa ouviu seu canto, correu até ele e, parada sob a árvore, pediu-lhe que descesse até ela, pois desejava abraçar o animal que tinha tão bela voz. "Acorde primeiro o porteiro que dorme entre as raízes — respondeu-lhe o galo — e assim que ele abrir eu descerei". E a raposa procurou pois falar com o porteiro, e o cão saltou de repente sobre ela e a pôs para correr.

Moral: A fábula mostra que os homens sensatos, quando os inimigos os atacam, os enviam enganosamente para os mais fortes.

181. O cão e o molusco

Um cão, habituado a engolir ovos, viu um molusco, escancarou a boca o engoliu de uma vez, pensando que fosse um ovo. Sentindo as entranhas pesadas e doloridas, ele disse: "Bem feito para mim, eu mereço, pois pensei que tudo o que era redondo fosse um ovo".

Moral: A fábula nos ensina que os que se atiram a um negócio irrefletidamente se expõem a dificuldades desconhecidas.

182. O cão e a lebre

Um cão de caça apanhara uma lebre. E tanto a mordia como lhe lambia o focinho. A lebre, importunada, lhe disse: "Mas, meu caro, pára de me morder e de me beijar para que eu saiba se és meu inimigo ou meu amigo".

Moral: A fábula aplica-se ao homem ambíguo.

183. O cão e o açougueiro

Um cão entrou em um açougue; como o açougueiro estivesse ocupado, pegou um coração e fugiu. E quando o açougueiro voltou-se e viu-o fugindo, exclamou: "Meu caro, saiba que, onde quer que tu estejas, eu te seguirei, pois não foi o meu coração que roubaste, ao contrário, me deste a coragem”[42].

Moral: A fábula mostra que muitas vezes os acidentes servem de ensinamento para os homens.

184. O cão (dormindo) e o lobo

Um cão dormia na frente do estábulo. Um lobo o viu, se precipitou sobre ele e já se preparava para devorá-lo, quando o cão pediu que não o matasse naquele momento. “Agora”, disse, “estou muito magro. Se esperares um pouco, meus donos vão celebrar suas bodas e eu, então, comendo muito, engordarei e me tornarei uma comida bem mais de teu gosto”. E o lobo deixou-se convencer e o soltou. Tempos depois, voltou e encontrou o cão que fazia sua sesta no andar de cima da casa. Colocou-se embaixo e chamou o cão, lembrando o combinado. E o cão disse: “Mas, ó lobo, quando, a partir de hoje, me vires dormindo na frente do estábulo, não esperes mais até as bodas”.

Moral: *A fábula mostra que os homens sensatos, quando se salvam de algum perigo, por toda a vida tomam cuidado com ele.*

185. O cão que levava a carne

Um cão, segurando um pedaço de carne, queria atravessar um rio. Tendo visto seu reflexo na água, julgou que outro cão tinha um pedaço de carne maior que o dele. Por isso, largando seu pedaço de carne, lançou-se para pegar a outra. Com isso ficou privado de ambas: uma que não poderia alcançar porque nem existia, e a outra que foi levada pelo rio.

Moral: A fábula é própria para o homem insaciável.

[42] A palavra *kardia,* em grego, tanto significa “coração” como também algumas faculdades da alma, como “coragem”, “amizade”, “amor”, etc.

186. O cão com a sineta

Um cão tinha o hábito de morder de surpresa. Seu dono então pendurou nele uma sineta, para que todos fossem avisados do perigo. E o cão, sacudindo a sineta, se gabava na praça pública. Uma velha cadela lhe disse: “Por que ostentas isso? Não é pela tua virtude que trazes isso ao pescoço, mas para denunciar tua maldade escondida”.

Moral: O gosto dos fanfarrões à glória vã é a mostra evidente da sua maldade secreta.

187. O cão (no encalço de um leão) e a raposa

N. Mengden

Um cão de caça, tendo visto um leão, correu ao seu encalço. Mas o leão o viu e começou a rugir, e o cão bateu em retirada, apavorado. Uma raposa que observara a cena disse: “Ó idiota, perseguias um leão do qual nem sequer suportaste o rugido?”.

Moral: A fábula seria aplicável a homens arrogantes que criam problemas para os mais poderosos, mas que logo recuam quando ***estes os enfrentam.***

188. O mosquito e o leão

N. Mengden

Um mosquito aproximou-se de um leão e disse: "Nem eu tenho medo de ti, nem tu és mais poderoso do que eu. Se tu não concordas, diga-me, de que serve tua força? De arranhares com as garras e de ferires com os dentes? Isso uma mulher que briga com seu marido também faz. Mas eu sou muito mais forte do que tu. Se queres, vamos ao combate". E, tocando sua trombeta, o mosquito o atacou, picando-lhe o focinho à volta das narinas, onde não havia pêlos. E o leão feria-se com as suas próprias garras até que, cansado, desistiu do combate. E o mosquito, que vencera o leão, soou sua trombeta. Entoou o hino da vitória e saiu voando. E foi quando embaraçou-se nas teias de uma aranha e, sentindo que era devorado, lamentava-se porque, tendo derrotado o mais forte adversário, perecia nas garras de um animal tão vil quanto uma aranha.

189. O mosquito e o touro

Um mosquito que havia pousado no chifre de um touro, e lá ter ficado um bom tempo, quando estava para partir, perguntou ao touro se desejava que ele já fosse embora. O touro deu-lhe esta resposta: "Nem quando vieste eu notei, nem tampouco sentirei quando te fores".

Moral: Aplicar-se-ia essa fábula a um homem sem valor, cuja presença ou ausência não podem atrapalhar nem ajudar.

190. As lebres e as raposas

Um dia as lebres, que estavam em guerra contra as águias, convidaram as raposas a se tornarem suas aliadas. As raposas responderam: "Nós teríamos vindo ajudá-las se não soubéssemos quem são e contra quem combatem".

Moral: A fábula mostra que os que se põem a lutar com mais fortes do que eles, desdenham sua salvação.

191. As lebres e as rãs

N. MENGDEN

Um dia, as lebres lamentavam a própria covardia e sua vida cheia de medo. Melhor seria suicidar-se do que viver com medo. Desceram pois um barranco, ao fundo do qual havia um lago para nele se afogarem. As rãs, assustadas com o tropel da corrida, imediatamente saltaram na água. Uma das lebres, disse então: "Parem, companheiras! Não falemos mais em suicídio; como podem ver, há animais ainda mais medrosos que nós".

Moral: A fábula mostra que os infelizes se consolam quando vêem outros mais infelizes do que eles.

192. A lebre e a raposa

Certo dia a lebre perguntou à raposa: "Diga-me a verdade, tu ganhas muitas coisas, ou as tens porque teu nome é *Raposa*[43]?". E a raposa respondeu: "Para desfazer a dúvida, vem à minha casa e eu te ofereço um jantar". A lebre a seguiu, e viu que lá dentro nada mais havia como jantar para a raposa a não ser ela própria. E a lebre disse: "Agora eu sei; na minha desgraça aprendi de onde vem o teu nome: não de mérito, mas de astúcia".

Moral: Aos curiosos muitas vezes acontece algo de mal por cometerem uma indiscrição desastrada.

193. A gaivota e o milhafre

Uma gaivota que engolira um peixe, ficou com a goela estourada. Ficou morta e estendida na praia. Um milhafre a viu e disse: "Tens o que mereceste, porque, nascida pássaro, querias passar a vida no mar".

Moral: Assim também, os que abandonam sua profissão e se voltam para outra que não é sua, caem merecidamente em desgraça.

194. A leoa e a raposa

À raposa, que a censurava por nunca gerar mais de um filhote, a leoa respondeu: "Um só, mas um leão".

Moral: O mérito não deve ser medido pela quantidade, mas pelo valor.

Elisha Kirkall

[43] O autor faz um jogo de palavras em grego. Foi-nos impossível mantê-lo, por isso utilizamos a palavra "raposa" em grifo. Em grego, "raposa" é

195. A realeza do leão

Assumiu a realeza um leão que não era colérico, nem cruel, nem violento, mas doce e justo como os homens. Durante o seu reinado, ele promovia assembléias de todos os animais, em que todos davam e recebiam justiça entre si; o lobo e o cordeiro, a pantera e o cabrito, o veado e o tigre, o cão e a lebre. E esta última, medrosa por natureza, disse: "Desejei muito ver este dia em que os fracos também parecessem fortes aos violentos".

Moral: Na cidade em que há justiça e os julgamentos são iguais para todos, também os fracos vivem tranqüilos.

196. O velho leão e a raposa

Um leão ficara velho e não podia mais arranjar alimento por sua própria conta; julgou pois que devia buscar um estratagema para isso. E, então, foi a uma caverna, lá deitou-se e se fingiu de doente. Assim, quando recebia a visita de outros animais, ele os pegava e os comia. Depois que muitos animais já tinham morrido, uma raposa, que já percebera o truque, parou a certa distância da caverna e perguntou ao leão como ele estava. Como ele respondesse: "Mal!", e lhe perguntasse por que ela não entrava, a raposa respondeu: "Meu caro, eu bem entraria se não visse tantas pegadas entrando mas nenhuma saindo".

Moral: Assim, os homens sensatos, tendo prova dos perigos, podem prevê-los e evitá-los.

197. O leão (preso) e o lavrador

Um leão entrou no estábulo de um lavrador. Este, querendo capturá-lo, fechou a porta que dava para o pátio. E o leão, não podendo sair, primeiro massacrou os cordeiros, e depois atacou também os bois. O lavrador então, temendo pela própria vida, abriu

---

alôpeks, mas pode ser também *kerdô*. Ora, *kerdô* é palavra da mesma raiz de *kérdos*, que significa "ganho", "proveito", "lucro", "ganho pela astúcia".

a porta. Depois que o leão foi-se embora, a mulher do lavrador, vendo-o se lamentar, lhe disse: “Bem feito para ti! Por que quiseste prender uma fera que tu devias temer mesmo de longe?”.

Moral: Assim, os que atiçam os mais fortes devem naturalmente suportar as conseqüências dessa loucura.

198. O leão (apaixonado) e o lavrador

WALTER CRANE

Um leão, apaixonado pela filha de um lavrador, pediu-a em casamento. O pai não podia nem aceitar dar a filha à fera, nem recusá-la a um tal pretendente; imaginou pois o seguinte. Como o leão insistisse no seu pedido, disse que o julgava digno da mão de sua filha, mas só consentiria no casamento se ele arrancasse os dentes e cortasse as garras, pois a donzela muito as temia. Por amor, o leão logo se submeteu às exigências. E quando o leão apareceu, o lavrador, que já não o temia, expulsou-o a golpes de porrete.

Moral: A fábula mostra que, os que confiam no próximo, ao serem despojados de suas vantagens, são facilmente vencidos por aqueles que antes os temiam.

199. O leão, a raposa e o veado

Um leão, que ficara doente, jazia em uma caverna. Disse então à sua amiga raposa, com a qual mantinha boas relações: "Se queres que eu me cure e continue vivo, use tuas doces palavras para seduzir o grande veado que mora na floresta e traze-o até aqui, pois preciso de suas entranhas e de seu coração". A raposa saiu e encontrou o veado, que saltava nos bosques. Abordou-o e, docemente, disse: "Vim dar-te uma boa notícia. Sabes que o leão, nosso rei, é meu vizinho e que ele está muito doente, e logo vai morrer. E estava ele pensando qual dos animais reinaria depois dele. Argumentou que o javali era desprovido de inteligência; o urso, estúpido; a pantera, irascível; o tigre, fanfarrão; o veado é que é o mais digno de ser rei, pois tem um corpo alto, vive muitos anos, e seu chifre amedronta as serpentes. E o que posso te dizer mais? Esta feita a escolha: tu reinarás. O que receberei de ti por ter-te dado a notícia em primeiro lugar? Fala logo, pois não temos muito tempo e temo que de novo ele me procure, pois sou sua conselheira em tudo. Mas, se quiseres ouvir uma velha experiente, eu te aconselho a ir comigo e esperar a morte dele a seu lado". Assim falou a raposa. Todo cheio de si àquelas palavras, o veado foi à caverna, sem saber o que iria acontecer. O leão logo saltou sobre ele, mas não logrou abatê-lo, apenas feriu-lhe as orelhas com suas garras. O veado, mais que ligeiro, correu de volta para os bosques. Nervosa, a raposa batia as patas no chão, por ver desperdiçado seu trabalho. O leão, por sua vez, dava grandes urros, pois estava faminto e chateado. Voltou então a suplicar à raposa para que fizesse uma segunda tentativa para trazer o veado. E ela disse: "É um trabalho penoso e difícil de que me encarregas, mas vou igualmente servir-te". E então, como um cão de caça, a raposa seguiu as pegadas do veado, pensando em como enganá-lo, e perguntando aos pastores se tinham visto um veado ensangüentado. Eles indicaram a floresta. Quando o encontrou tomando fôlego, apresentou-se sem o menor pudor. E o veado, enraivecido e com os pêlos eriçados, disse: "Ó miserável, nunca mais me pegas, e se ousares te aproximares de mim pagaras com a vida. Vai raposear[44] com outros que não te conhecem, ludibria-os, faze-os reis". E a raposa respondeu: "És assim tão covarde

[44] O verbo "raposear" tem o sentido de "usar de um ardil", "usar de astúcia", principal característica daquele animal.

e tão fraco? É assim que supões que somos nós, teus amigos? O rei leão, ao pegar a tua orelha, ia dar-te conselhos sobre como reinar, na condição de alguém que está para morrer. Mas tu não suportaste nem um arranhão de um pobre doente! E agora ele está furioso contra ti e quer passar a realeza para o lobo. Ai de mim! Senhor malvado! Mas vem comigo e nada teme, e sê manso como um cordeiro. Eu juro, por todas as folhas da floresta, nada de mal vais sofrer da parte do leão. Quanto a mim, só quero servir-te". E assim, o infeliz do veado seguiu-a, enganado pela segunda vez. E assim que entrou na caverna, o leão teve o que comer: as carnes, as entranhas e roeu até os ossos do veado. E a raposa ficou observando. Durante o banquete caiu o coração, e ela discretamente o roubou e comeu, para ter também sua parte. E o leão, embora procurasse por todo lado, só não encontrou o coração. A raposa, guardando certa distância, disse: "Parece-me que o veado não tinha coração. Não perca seu tempo em procurá-lo, pois que coração[45] poderia ter alguém que por duas vezes veio parar na toca e nas garras de um leão?".

Moral: A lisonja atiça o amor às honrarias e perturba a razão, não permitindo que se reflita sobre a iminência do perigo.

200. O leão, o urso e a raposa

Um leão e um urso encontraram um filhote de veado, e puseram-se a disputá-lo. Após uma briga que os deixou em estado lastimável foram por fim tomados de vertigem e caíram semimortos. Apareceu uma raposa que, vendo-os abatidos e o filhote no meio deles, pegou-o e foi-se embora, passando entre os dois. Incapazes de se levantar, diziam: "Infelizes somos nós, já que foi para uma raposa que fizemos tanto estrago!".

Moral: A fábula mostra que têm razão os que sofrem por verem qualquer um aproveitar-se dos frutos de seus esforços.

[45] Para os antigos gregos, o coração, e não o cérebro, era a sede da inteligência.

201. O leão e a rã

Um leão que ouvira uma rã coaxar, dirigiu-se para a direção de onde vinha o som, pensando que se tratasse de um grande animal. Após esperar algum tempo, viu a rã sair do lago. Aproximou-se e a esmagou, com estas palavras: "Mas como, com todo esse tamanho, gritas tão alto?".

Moral: Essa fábula aplica-se ao tagarela que só sabe falar.

202. O leão e o delfim

Um leão que vagueava à esmo em uma praia, viu um delfim pondo a cabeça para fora da água, convidou-o para que aproximasse propondo a ele uma aliança: seria muito conveniente para ambos serem amigos e aliados, pois o delfim reinava sobre os animais do mar e ele, sobre os animais terrestres. E o delfim aceitou de boa vontade. Tempos depois, o leão teve um combate com um touro selvagem, seu antigo desafeto, e pediu ao delfim que o ajudasse. Como o delfim, apesar de toda sua boa vontade para sair do mar, não o conseguisse, o leão o acusou de traição. O delfim replicou, dizendo: "Não é a mim que deves censurar, mas à natureza, pois ela me fez uma criatura marinha, e me impede de andar sobre a terra".

Moral: E nós também, ao fazermos alianças, temos que escolher aliados que possam nos ajudar na hora do perigo.

203. O leão e o javali

O grande calor do verão deixara a todos com sede. Um leão e um javali foram beber em uma pequena fonte. Puseram-se a discutir sobre quem seria o primeiro a beber, e essa discussão degenerou em uma briga violenta. De repente, quando pararam para recuperar fôlego, viram abutres empoleirados por perto, esperando para devorar o derrotado. Vendo isso, interromperam a briga e concluíram: "É melhor nos tornarmos amigos do que servir de repasto para abutres e corvos".

Moral: É bom pôr fim a discórdias prejudiciais, pois disso resulta que todos correm perigo.

204. O leão e a lebre

Um leão pulara sobre uma lebre adormecida, e já ia devorá-la quando, no mesmo instante, viu um veado passar; largou a lebre e correu no encalço do outro animal. A lebre, acordando assustada com o barulho, fugiu. O leão perseguiu por muito tempo o veado, mas não conseguiu alcançá-lo. Voltou então à lebre e constatou que ela também havia fugido. E disse: "Bem feito para mim! — pois larguei a presa que já tinha em mãos e preferi a esperança de algo melhor".

Moral: Assim, alguns homens, não se contentam com ganhos moderados e perseguem belas esperanças, sem perceberem o que já tem em mãos.

205. O leão, o lobo e a raposa

Um leão, já velho, estava doente e deitado em sua caverna. Todos os animais já haviam visitado o seu rei doente, menos a raposa. E o lobo, não querendo perder a oportunidade, acusou a raposa diante do rei de não ter mostrado a menor consideração para com o senhor de todos. Nisso apareceu a raposa, e ouviu as últimas palavras do lobo. Então, o leão rugiu contra ela, que pediu porém o direito de se defender: "Diga-me, ó rei, qual dos animais que vieram te ver te prestaram maior serviço do que eu, que consultei todos os médicos até encontrar um remédio para ti?". E, como o leão logo lhe ordenasse contar que remédio era aquele, a raposa respondeu: "Esfolado vivo um lobo, é cobrir-te com a pele dele ainda quente". Imediatamente o lobo foi morto, e a raposa, rindo, disse: "É importante obter a benevolência do senhor, não sua hostilidade".

Moral: A fábula mostra que as ciladas armadas para os outros, podem voltar-se contra si mesmo.

206. O leão e o rato reconhecido

PERCY J. BILLINGHURST

Um rato passeava sobre o corpo de um leão adormecido. Este acordou, e tendo apanhado o rato, ia comê-lo. Mas o rato suplicou-lhe que o largasse, dizendo que, se o poupasse, lhe pagaria o favor; e o leão sorriu e deixou-o partir. Pouco depois, aconteceu que o leão foi salvo pelo reconhecimento do rato. De fato, este fora apanhado por caçadores e amarrado a uma árvore com uma corda. Assim que ouviu seus gemidos, o rato veio até ele, roeu a corda e o libertou, dizendo: "Ainda há pouco riste de mim, não acreditando que eu cumprisse minha palavra, mas agora vês que também entre os ratos existe reconhecimento".

Moral: A fábula mostra que, nos revezes, os muito poderosos têm necessidade dos mais fracos.

207. O leão e o jumento

Um leão e um jumento foram caçar juntos, o leão usando sua força e o jumento a agilidade de suas pernas. Depois de terem caçado alguns animais, o leão os dividiu em três partes. “A primeira”, disse, “me cabe por direito, pois sou o rei; a segunda, é minha como sócio em igualdade de condições, e a terceira parte far-te-á um grande mal, se não fugires logo”.

Moral: É sempre bom agir segundo sua própria força, e não associar-se a alguém mais forte.

208. O leão e o burro (caçando juntos)

Após terem feito entre si uma aliança, um leão e um burro saíram para caçar. Chegaram pois a uma gruta onde havia cabras selvagens; o leão parou à entrada para impedir que elas fugissem, enquanto o burro, que tinha entrado, pôs-se a saltar no meio delas e a zurrar, para espantá-las. Quando o leão já tinha agarrado a maior parte delas, seu comparsa saiu e perguntou-lhe se não havia combatido com valentia ao levar as cabras para fora. E o leão respondeu: “Bem sabes que terias assustado também a mim, se eu não soubesse que eras só um burro”.

Moral: Assim, os que se vangloriam junto a quem os conhece expõem-se com razão ao ridículo.

MOGENS OVE ÖSTERBYE

209. O leão, o burro e a raposa

RANDOLPH CALDECOTT

Um leão, um burro e uma raposa tornaram-se sócios e saíram para caçar. Depois de terem apanhado muita caça, o leão ordenou ao burro que a dividisse entre eles. Este fez três partes iguais, e disse ao leão que escolhesse a sua. O leão, furioso, caiu sobre o burro e o devorou. Em seguida, mandou que a raposa fizesse a divisão. Esta, então, colocou tudo em um só monte, reservando para si apenas uns poucos restos, e pediu que o leão escolhesse. Como o leão lhe perguntasse quem a ensinara a dividir assim, a raposa respondeu: "A desgraça do burro".

Moral: A fábula mostra que as desgraças do próximo tornam o homem mais sábio.

210. O leão, Prometeu e o elefante

Um leão queixava-se muitas vezes a Prometeu porque este o criara grande e belo, armara seus maxilar com presas, dotara de garras suas patas e fizera dele o mais forte entre os outros animais. "Mas mesmo assim", dizia, "tenho medo do galo". E Prometeu respondeu-lhe: "Ao que vêm estas vãs acusações? Tu tens tudo quanto eu pude modelar, mas é apenas tua alma que dá provas de fraqueza". O leão deplorava então sua sorte, incriminando sua covardia, e cogitando dar fim a seus dias. Isso ele tinha em mente, quando cruzou com o elefante. Cumprimentou-o e parou para conversar. Vendo que ele abanava as orelhas o tempo todo, disse: "O que há contigo? Por que tanto abanas as orelhas, sem parar um instante?". E o elefante, apontando para um mosquito que voava à esmo junto de sua cabeça, disse: "Vês este bichinho tão pequeno zumbindo? Se ele entrar no conduto de meu ouvido, eu estou morto". E o leão questionou: "Depois disso, por que deveria morrer, eu que sou tão forte e excedo em sorte o elefante tanto quanto o galo excede o mosquito?".

Moral: Vê-se que o mosquito é tão forte que amedronta até o elefante.

211. O leão e o touro

Um leão, que planejava secretamente matar um enorme touro, pensou em um estratagema para realizar seu intento. Alegando que havia sacrificado um cordeiro, convidou o touro para a festa, com a intenção de matá-lo quando estivesse dormindo à mesa. O touro compareceu ao convite mas, ao ver muitos caldeirões, grandes espetos e nenhum cordeiro, foi indo embora sem dizer uma só palavra. Como o leão o repreendesse perguntando por que ia embora assim, uma vez que não tinha do que se queixar, ele respondeu: "Não é sem razão que faço isso, mas porque vejo que os preparativos não são para um cordeiro, e sim para um touro".

Moral: A fábula mostra que os artifícios dos maus não passam despercebidos aos homens sensatos.

212. O leão (enraivecido) e o veado

Um leão urrava enraivecido. Diante disso, um veado lá na floresta, disse: "Ah! Que grande infelicidade para todos nós, pois o que ele fará, agora que está enfurecido, ele que, quando está às boas já é insuportável para nós?".

Moral: É bom evitar os homens violentos, acostumados a cometer injustiça, que quando tomam o poder tornam-se tiranos.

213. O leão (incomodado por um rato) e a raposa

Enquanto um leão dormia, um rato corria sobre seu corpo. O leão acordou de sobressalto e se pôs a procurar de todos os lados quem o estava afrontando. Vendo isso, uma raposa o censurou por ter medo de rato, sendo ele um leão. E o leão respondeu: "Não é que eu tenha medo do rato, mas fiquei surpreso de ver alguém ousar correr sobre o corpo de um leão durante sua sesta".

Moral: A fábula ensina que os homens sensatos não menosprezam nem as coisas mais simples.

214. O bandido e a amoreira

Um bandido que assassinara uma pessoa, vendo-se perseguido abandonou a vítima ensangüentada e fugiu. Cruzando com viajantes que vinham em sentido contrário, estes perguntaram-lhe por que estava com as mãos ensangüentadas, e ele disse que acabava de descer de uma amoreira. Nem bem terminara sua história, seus perseguidores o alcançaram, prenderam-no e o penduraram no tronco de uma amoreira. E esta, lhe disse: "Eu não estou aborrecida de colaborar com teu suplício, pois foste tu que cometeste o crime e é em mim que queres limpar o sangue".

Moral: Assim também, muitas vezes, os homens naturalmente bons, quando exposto à calúnia, não hesitam em se mostrar duros com seus caluniadores.

215. Os lobos e os cães (em guerra)

Certo dia houve uma briga entre lobos e cães. Um cão grego foi nomeado general dos cães. Este, todavia, não mostrava a menor pressa para o combate, apesar das violentas ameaças dos lobos. E disse o cão: "Saibam por que eu contemporizo. Sempre é conveniente refletir antes de agir. Senão vejamos: vocês são todos da mesma raça e mesma cor. Já os nossos têm hábitos os mais diversos, e cada um se vangloria de suas origens. E nem mesmo a cor é uniforme; uns são negros, outros castanhos ou brancos ou cinzentos. E como

N. MENGDEN

eu poderia levar à guerra com sucesso soldados que não estão de acordo entre si e nem são todos iguais?”.

Moral: É a unidade de vontade e de pensamento que, nas batalhas, garante a vitória sobre os inimigos.

216. Os lobos e os cães (reconciliados)

E os lobos disseram aos cães: “Vejam, vós sois semelhantes a nós em tudo, e por que não sermos amigos, como irmãos? De fato, a única diferença entre nós está na inteligência. Mas, enquanto nós vivemos livres, vocês são submissos e servis aos homens, suportam suas pancadas, trazem coleiras ao pescoço e guardam seus rebanhos. E, quando seus donos comem, vossa grande recompensa são apenas ossos. Ora, se vocês nos ouvirem e nos entregarem o rebanho, todos teremos o que comer até nos fartar". E os cães, ingenuamente, acreditaram no que os lobos lhes disseram. E estes, entrando no estábulo, acabaram primeiro com os cães.

Moral: Esta é a recompensa para quem trai sua pátria.

217. Os lobos e os cordeiros

Alguns lobos haviam imaginado surpreender um rebanho de cordeiros, mas não podiam pegá-los, por causa dos cães que lhes montavam a guarda. E viram que seria preciso lançar mão de uma artimanha. Para tal, enviaram uma embaixada aos cordeiros, dizendo que os cães eram os únicos culpados de sua inimizade e que, se eles lhes entregassem os cães, haveria paz entre eles. Os cordeiros, sem prever o que lhes iria suceder, entregaram os cães aos lobos que, desde que se tornaram senhores da situação, não tiveram a menor dificuldade em acabar com o rebanho, que ficara desprotegido.

Moral: Assim também, as cidades que se entregam aos demagogos, nem desconfiam que logo estarão nas mãos de inimigos.

218. Os lobos, os cordeiros e o carneiro

Para induzirem os cordeiros a fazerem as pazes, os lobos mandaram seus representantes para dizer que a paz perene poderia ser feita se os cordeiros lhes mandassem os cães para serem mortos. Logo os tolos cordeiros concordaram, mas um velho carneiro disse: "Como acreditar em vocês e em um convívio pacífico, se são os cães que me guardam, e não mais vai ser possível pastar sem perigo?".

Moral: Não devemos nos desfazer de algo que nos dá segurança, acreditando nas promessas de inimigos inconciliáveis.

219. O lobo (contente com sua própria sombra) e o leão

Certo dia, um lobo ia errando à esmo por lugares desertos, na hora em que Hipérião[46] descia no poente. E, ao reparar na sua sombra alongada, disse: "Eu, temer um leão, com todo este tamanho? Com um pletro[47] de altura, não seria natural que eu me tornasse o rei de todos os animais?". E enquanto se vangloriava todo cheio de si, um leão muito forte o apanhou e começou a devorá-lo. E o lobo, mudando então o discurso, gritou: "Ó presunção! Quanta desgraça você nos causa!"[48].

220. O lobo e a cabra

Um lobo viu uma cabra pastando em uma encosta escarpada. Como ela estivesse fora do seu alcance, pediu-lhe que descesse, pois poderia cair inadvertidamente de lá de cima. De mais a mais, o prado onde ele estava era melhor, pois a relva estava florida. Mas a cabra lhe respondeu: "Me convidas a descer para o pasto, ou tu mesmo estás sem comida?".

Moral: Assim também, são inúteis as artimanhas dos homens maus, quando querem prejudicar quem os conhece.

ARTHUR RACKAM

[46] Um dos Titãs, filho de Urano (Céu) e pai de Hélios (Sol).

[47] Medida grega de comprimento que equivalente a 100 pés.

[48] Neste caso, a moral está contida na própria fábula.

221. O lobo e o cordeiro

Um lobo vira um cordeiro bebendo na margem de um rio, e quis usar de um pretexto para devorá-lo. Para tanto, colocou-se a montante do lugar, e começou a acusá-lo de sujar a água, impedindo-o assim de beber. O cordeiro respondeu que só bebia com as pontas dos beiços e, estando a jusante, seria impossível sujar a água que vinha de cima. O lobo, ao perceber que aquele pretexto tinha falhado, disse então: "Mas, no ano passado, tu insultaste meu pai". E o cordeiro replicou que na época nem sequer havia nascido. E o lobo lhe disse: "Talvez não te faltem argumentos de defesa, mas nem por isso deixarei de comer-te".

Moral: A fábula mostra que, ante a decisão dos que são maus, nem uma justa defesa tem força.

222. O lobo e o cordeirinho (refugiado em um templo)

Um lobo perseguia um cordeirinho, e este procurou abrigo em um templo. Como o lobo o chamasse, argumentando que se ele ficasse ali, o sacerdote iria sacrificá-lo ao deus, ele respondeu: "Mas, para mim, é preferível ser sacrificado a um deus a perecer nas tuas garras".

Moral: A fábula mostra que quando a morte é inevitável, é melhor que seja uma morte honrosa.

223. O lobo e a velha

Um lobo faminto que vagava em busca de alimento, chegou a certo lugar onde ouviu uma criança choramingando e uma velha que a ameaçava dizendo-lhe: "Pára de chorar. Senão, te dou ao lobo agora mesmo". Acreditando que a velha dizia a verdade, o lobo ficou esperando ali por um bom tempo. Chegada porém a noite, vendo que as palavras não surtiam o efeito prometido, o lobo retomou seu caminho murmurando: "Neste lugar, falam de um jeito mas agem de outro".

Moral: A fábula é para aqueles cujas palavras não condizem com seus atos.

224. O lobo e a garça

Ernest Henry Griset

Um lobo que havia engolido um osso, procurava por toda parte alguém quem o retirasse. Tendo encontrado uma garça, pediu-lhe que retirasse o osso mediante pagamento. E ela, enfiou sua cabeça até a goela do lobo, retirou o osso, e pediu o pagamento combinado. O lobo porém respondeu: "Ó amiga! Não te basta teres tirado a cabeça, sem danos, da boca de um lobo, para exigires outro pagamento?".

Moral: A fábula mostra que o maior reconhecimento que se pode esperar de um malvado é que nos poupe de um dano maior.

225. O lobo e o cavalo

Um lobo que atravessava um campo, nele encontrou cevada. Como não podia comê-la, deixou-a e seguiu seu caminho. Tendo encontrado um cavalo, levou-o ao campo; lá, ele disse, havia encontrado cevada, mas que ele próprio não a comera e a reservara para ele, pois era um prazer ouvir o barulho de seus dentes. "Ó camarada" — respondeu-lhe o cavalo — "se os lobos pudessem comer cevada, nunca terias sacrificado teu estômago a teus ouvidos!".

Moral: A fábula mostra que, aqueles que são naturalmente maus, mesmo que alardeiem virtudes, não têm credibilidade.

226. O lobo e o cão

Um lobo viu um cão gordo amarrado por uma coleira, e perguntou: "Quem te prendeu e alimentou?". E o cão respondeu: "Um caçador". "Que nenhum de nós" — disse o lobo — "meu amigo, venha a padecer disso, nem de fome, nem da prisão da coleira."

Moral: A fábula mostra que, na infelicidade, nem mesmo os prazeres do estômago satisfazem.

227. O lobo e o leão

Certo dia, um lobo roubou um cordeiro de um rebanho, e o arrastava para sua cova. Mas um leão com o qual se deparou, tomou-lhe o cordeiro. E o lobo, guardando certa distância, reclamou dizendo: "Ages injustamente, pegando o que é meu". E o leão, rindo, respondeu: "De fato; e foi com plena justiça que tu o recebeste de um amigo".

Moral: A fábula se aplica a ladrões insaciáveis que brigam entre si disputando a presa.

228. O lobo e o burro

Um lobo, que tornou-se chefe dos demais lobos, achou de ditar leis dispondo que o produto da caça de cada um seria igualmente repartido entre todos, para que uns não ficassem na penúria e atacando uns aos outros. Um burro que ouvira a conversa, porém, sacudindo a crina, disse: "Até que por ter vindo do coração de um lobo é uma bela idéia, mas por que tua caça de ontem está escondida na tua cova? Traze-a, pois, e reparte-a com todos". E o lobo, ficando confuso, aboliu as leis.

Moral: Aos legisladores que parecem justos, mas que não acatam a suas próprias leis.

229. O lobo e o pastor

Um lobo ia seguindo um rebanho de cordeiros sem atacá-los. De início, o pastor resguardava-se dele, temia-o e o vigiava como a um inimigo. Mas, vendo que o lobo o seguia sempre sem fazer a menor tentativa de atacar, o pastor começou a acreditar que tinha mais um guarda do que um inimigo à espreita. E certo dia, precisando ir à cidade, deixou seus cordeiros perto do lobo e partiu. O lobo, vendo que havia chegado sua hora, atirou-se sobre o rebanho e pôs-se a devorá-lo. Na sua volta, o pastor deparou-se com o rebanho destruído, e disse: "O que eu sofro é justo. Como pude eu confiar cordeiros a um lobo?".

Moral: Assim é entre os homens: os que confiam a guarda de seus bens a ambiciosos, naturalmente vão perdê-los.

230. O lobo e o cordeiro

Um lobo, que já havia comido à saciedade, viu um cordeiro caído no chão. Compreendeu que ele caíra de medo, aproximou-se para tranqüilizá-lo, e disse que apenas deveria lhe apresentar três proposições verdadeiras para ir embora são e salvo. E o cordeiro disse, em primeiro lugar, que gostaria de não tê-lo encontrado; segundo, que esperava que o lobo não fizesse nada contra ele, porque era cego; e, por fim, em terceiro lugar, "que possam todos os abomináveis lobos morrer da pior morte, pois nos fazem uma guerra sem quartel sem nada terem sofrido de nossa parte". E o lobo teve de reconhecer a verdade do que ele dissera, devolvendo-lhe a liberdade.

Moral: A fábula mostra que, muitas vezes, a verdade tem seus efeitos até sobre os inimigos.

231. O lobo (ferido) e o cordeiro

Mordido por cães, um lobo estava em estado lastimável, a ponto de não poder sequer buscar alimento. Avistou então um cordeiro, e lhe implorou que lhe desse de beber da água do rio que era próximo. "Pois se tu me deres de beber, encontrarei por mim mesmo o que comer." E o cordeiro respondeu: "Mas se eu te der de beber, eu ainda serei teu alimento".

Moral: Essa fábula visa ao homem hipócrita que cria ciladas insidiosas.

232. A lâmpada

Uma lâmpada, bem abastecida de óleo e ostentando chama bem luminosa, gabava-se de iluminar mais que o sol. Mas logo soprou um forte vento, que a apagou. E alguém, enquanto a acendia de novo, lhe disse: "Ó lâmpada, ilumina sim, mas fica calada. A luminosidade dos astros jamais se apaga".

Moral: Que as glórias e os esplendores da vida não nos ofusquem, pois tudo o que temos é transitório.

233. O adivinho

Um adivinho montara sua banca na praça pública, e ganhava dinheiro. De repente, alguém veio avisá-lo que a porta de sua casa fora arrombada e todos seus bens, roubados. Fora de si, o adivinho levantou-se de um salto e foi correndo, a gemer, para verificar os estragos. Vendo isso, um dos presentes disse: "Meu bom homem, tu que dizias prever o futuro dos outros, não soubeste prever o que te aconteceria?".

Moral: Essa fábula aplica-se àqueles que administram mal a própria vida e tentam prever o que não lhes diz respeito.

234. As abelhas e Zeus

As abelhas, que queriam recusar, ciumentas, o mel aos homens, foram ter com Zeus a quem pediram que lhes concedesse força bastante para matar, a golpes de ferrão, os que se aproximassem de seus favos. E Zeus, indignado com tal mesquinharia, condenou-as a perder o ferrão e também a vida toda vez que picassem alguém.

Moral: Essa fábula poderia ser aplicada aos espíritos mesquinhos que permitem ser prejudicados por sua própria inveja.

235. O criador de abelhas

Um gatuno entrou na casa de um apicultor durante a ausência deste, e roubou-lhe o mel e os favos. Quando ele voltou, ao ver as colméias vazias, parou para examiná-las. Mas as abelhas, que voltavam do campo o viram ali, e picaram-no com os ferrões e o maltrataram bastante. E ele lhes disse: "Ó bichinhos malvados, vocês deixaram ir impune quem roubou seus favos, e a mim, que tanto cuido de vocês, maltratam desse modo?".

Moral: Assim, alguns homens, por ignorância, não se resguardam dos inimigos e repudiam os amigos, a quem os têm como maus.

236. Os menagirtas

Os menagirtas[49] possuíam um burro em que costumavam pôr a carga quando viajavam. Um belo dia, o burro morreu de cansaço. Eles retiraram-lhe a carga, o esfolaram, e com sua pele fizeram tamborins e passaram a usá-los. Outros menagirtas cruzaram com eles e indagaram onde estava o seu burro; e eles responderam que estava morto, mas recebia mais golpes do que recebera em qualquer dia de sua vida.

Moral: Assim também, alguns servos, mesmo libertos, continuam a sofrer as cargas da servidão.

---

[49] Menagirtas eram sacerdotes de Cibele, considerada a mãe dos deuses,

237. Os ratos e as doninhas

Gustavo Doré

Ratos e doninhas viviam em guerra. Como os ratos sempre eram vencidos, concluíram que sua desgraça se devia à falta de disciplina. Em reunião então, escolheram entre sua elite alguns deles como estrategistas e os elegeram por aclamação. E estes, querendo parecer mais importantes que os demais, fizeram chifres e os colocaram. Travou-se a batalha, que logo virou para uma completa derrota dos ratos. Ora, todos os soldados rasos fugiram para seus buracos, onde facilmente se refugiaram. Os generais, porém, não puderam entrar por causa dos chifres, e logo foram apanhados e devorados.

Moral: Assim, para muitos, a glória vã causa a perdição.

238. A mosca

Uma mosca caíra dentro de um caldeirão de carne. Como sentisse que estava a afogar-se no molho, disse a si mesma: "Ora, eu comi, bebi e tomei meu banho! Embora eu morra, nada me preocupa".

Moral: A fábula mostra que os homens suportam facilmente a morte quando ela vem sem dor.

---

desde a civilização cretense. Faziam mensalmente pelo menos uma viagem (um tipo de romaria de hoje) para mendigar.

239. As moscas

Havia mel derramado no celeiro, e algumas moscas voaram até ele e puseram-se a se deliciar. Tanta era sua doçura que não podiam dele se afastar. Mas suas patas ficaram coladas e não podendo mais voar, diziam sufocadas: "Infelizes que somos, pois pagamos com a vida um prazer tão fugaz!".

Moral: Assim, para muitos, a gula é a causa de muitos males.

240. A formiga

N. MENGDEN

Aquilo que hoje é a formiga, foi antes um homem. Este, dedicado à agricultura, não se contentava com os frutos do próprio trabalho, mas também olhava invejoso os dos outros, sempre roubando as colheitas de seus vizinhos. Indignado com sua cobiça, Zeus transformou-o nesse animal chamado formiga. Todavia, apesar de ter mudado de forma, ela não mudou de caráter, pois ainda hoje, percorre os campos recolhendo trigo e cevada, acumulando reservas para si.

Moral: A fábula mostra que os que têm má natureza, embora severamente punidos, não mudam de caráter.

241. A formiga e o escaravelho

Certo dia de verão, uma formiga vagava pelo campo apanhando trigo e cevada e os reservava para deles alimentar-se durante a má estação. Vendo isso, um escaravelho admirou-se de vê-la trabalhar tão duro, mesmo quando os outros animais deixavam seus afazeres para descansar. E, naquele momento, ela nada respondeu. Mais tarde, chegado o inverno, quando o estrume era dissolvido pela chuva, o escaravelho faminto veio procurá-la para pedir-lhe comida. E a formiga então respondeu: "Ó escaravelho, se tivesses trabalhado naquele tempo em que eu penava e tu me censuravas, não estarias agora sem alimento".

Moral: Assim, os que estão na abundância e não se preocupam com o amanhã, quando os tempos mudam, sofrem grande penúria.

242. A formiga e a pomba

Uma formiga, sedenta, desceu a uma fonte para beber e estava para afogar-se. Mas uma pomba que estava na árvore próxima, arrancou uma folha e a jogou na fonte; subindo nela, a formiga salvou-se. A seguir, um caçador de pássaros se aproximou com uma armadilha de visgo para apanhar a pomba. A formiga desembarcou da folha e mordeu o pé do caçador. Este, com a dor, mexeu na armadilha e fez ruído, alertando a pomba que logo fugiu.

Moral: A fábula mostra que mesmo os pequenos podem render grandes serviços a seus benfeitores.

243. O rato do campo e o rato da cidade

ARTHUR RACKAM

Um rato do campo era amigo de um rato da cidade. E este foi convidado, então, pelo amigo, para irem se fartar nos campos. Lá porém só comiam cevada e trigo, e o rato urbano disse: “Amigo, esta tua vida é de uma formiga. Minha vida tem muita coisa boa. Vem comigo e poderás usufruir de tudo que tenho”. E logo os dois partiram. O rato da cidade mostrou legumes e trigo, e ainda figos, queijo, mel e frutas. O pobre caipira, admirado, o elogiava bastante, lamentando sua própria sorte. Já se dispunham a comer, quando um homem abriu a porta de repente. Amedrontados com o barulho, os dois ratos precipitaram-se para as frestas. Quando iam, de novo, servir-se de figos secos, entrou outra pessoa para pegar alguma coisa ali dentro. De novo, os ratos precipitaram-se para dentro de um buraco. E o rato do campo, esquecendo a fome, disse entre suspiros: “Adeus meu amigo! Comes demais, e tiras grande satisfação de tantas guloseimas, mas exposto ao perigo e com muito medo. Quanto a mim, que sou pobre, continuarei a aproveitar-me da cevada e do trigo, mas viverei sem medo e sem sobressaltos”.

Moral: A fábula mostra que mais vale viver na simplicidade e ter uma existência pacífica do que viver na fartura, sempre com medo.

244. O rato e a rã

Gustavo Doré

Para sua grande desgraça, um rato da terra travou amizade com uma rã. E a rã, de caso pensado, acorrentou a pata do rato à própria pata. De início foram comer trigo nos campos e, depois de se aproximarem de uma lagoa, a rã pulou com o rato para o fundo da água, e ela ficou brincando e coaxando alegremente. E como era de se esperar, o infeliz rato morreu afogado, mas continuava emergindo, por estar preso à pata da rã. Um milhafre que vira tudo isso, pegou o rato com suas garras. E a rã, presa pela corrente, seguiu pelo mesmo caminho; ela também virou comida para o milhafre.

Moral: Mesmo após sua morte é possível alguém ser vingado, pois a justiça divina que tudo vê retribui na mesma moeda.

245. O náufrago e o mar

Um náufrago, atirado pelas ondas sobre a praia, dormiu de cansaço. Depois de um tempo ele acordou; e, olhando para o mar, pôs-se a censurá-lo por seduzir os homens com sua aparência tranqüila mas, depois de recebê-los, tornava-se furioso e os matava. O mar então, assumindo a aparência de uma mulher, disse-lhe: "Meu amigo, não censures a mim, mas sim aos ventos, pois eu, de minha parte, sou naturalmente como me vês agora. São eles que me atacam de surpresa, me agitam e me tornam furioso".

Moral: E também nós não devemos responsabilizar os executores de um crime, quando são mandados por outros, mas sim àqueles a quem obedecem.

246. Os jovens e o açougueiro

Dois jovens compravam carne no mesmo açougue. Como o açougueiro estivesse ocupado em outro canto, um deles roubou os miúdos e os escondeu sob a veste do outro. Ao voltar, o açougueiro procurou pelos miúdos e acusou os dois. Mas aquele que havia roubado a carne, jurou que não a tinha, e o que a tinha, jurou que não a pegara. E o açougueiro, compreendendo a malandragem, disse: "Ah! De mim, vocês podem escapar com um juramento falso, mas posso lhes garantir que dos deuses não escaparão".

Moral: A fábula mostra que a impiedade do falso juramento é a mesma, qualquer que seja a artimanha com que se apresenta.

247. O filhote e o veado

Certo dia, um filhote disse ao veado: "Ó pai, tu és maior e mais rápido que os cães e tens belíssimos chifres para te defenderes. Por que, então, tens tanto medo deles?". E o veado, rindo, respondeu: "Meu filho, o que dizes é verdade, mas quando ouço o latido de um cão, imediatamente desato a correr, e nem sei o porquê".

Moral: A fábula mostra que para as naturezas covardes nenhuma exortação é o bastante.

248. O jovem esbanjador e a andorinha

Um jovem pródigo havia consumido todo o seu patrimônio. Restava-lhe apenas um manto, quando viu uma andorinha, que chegara antes da estação certa. Julgou então que tinha chegado a primavera, e que não precisaria mais do manto, foi vendê-lo. Como porém, logo depois, voltasse o mau tempo e fizesse um frio de rachar, o jovem deparou-se com a andorinha morta de frio. Então lhe disse: "Miserável, tu nos perdeste a ti e a mim".

Moral: A fábula mostra que tudo o que é feito fora do tempo pode ser prejudicial.

249. O doente e o médico

Um doente, perguntado pelo seu médico sobre seu estado, disse que suava mais que o normal. E o médico disse: "Isso é bom". Questionado uma segunda vez sobre como estava, disse que fora sacudido por tremores de frio. E o médico disse: "Isso também é bom". Na terceira visita, o médico perguntou sobre sua doença, e ele respondeu que tivera uma diarréia. "Isso também é bom", disse o médico antes de se retirar. Assim, quando um de seus parentes foi visitá-lo e lhe perguntou como estava, nosso doente respondeu: "Eu estou tão bom que morro disso".

Moral: Assim ocorre com muitas pessoas a quem o próximo julga pelas aparências que lhes parecem boas, apesar de as coisas em seu interior lhes causarem grande sofrimento.

250. O morcego, a sarça e a gaivota

Um morcego, uma sarça e uma gaivota fizeram uma sociedade na intenção de viver de comércio. O morcego tomou dinheiro emprestado que investiu no negócio, a sarça conseguiu tecidos, e a gaivota arranjou cobre que trouxe antes do embarque. Após a partida, porém, uma violenta tempestade fez o barco naufragar, toda a carga foi perdida, e só eles se salvaram. Depois desse tempo, a gaivota sempre fica próxima à praia, mergulhando para ver se o mar lhe devolve seu cobre. O morcego, para evitar os credores, não aparece durante o dia e só sai para comer à noite. E a sarça, agarra-se às vestes dos passantes, na esperança de reconhecer os seus tecidos que ela ainda procura.

Moral: A fábula mostra que sempre voltamos para as coisas que nos tocam de perto.

251. O morcego e as doninhas

Um morcego, caído no chão, foi apanhado por uma doninha. Vendo sua vida em perigo, ele implorou para viver. A doninha respondeu que não podia atendê-lo, pois, por natureza, era inimiga de todos os pássaros. Sua presa argumentou que não era um pássaro, mas um rato, o que lhe valeu ser solto. Tempos depois, caiu novamente e, apanhado que foi por outra doninha, a suplicou que não o imolasse. Como esta dissesse que odiava todos os ratos, ele replicou que não era um rato, mas um morcego, e mais uma vez foi libertado. E assim mudando de nome duas vezes, teve sua vida salva.

Moral: Nós também não devemos recorrer sempre aos mesmos argumentos, mas adaptando-nos às circunstâncias, podemos escapar várias vezes dos piores perigos.

252. As árvores e a oliveira

Um dia, as árvores puseram-se a procurar um rei para eleger e disseram à oliveira: "Reina sobre nós". E ela lhes respondeu: "Eu, renunciar ao azeite que faz minha glória junto aos deuses e aos homens para ir reinar sobre as árvores?". E disseram as árvores à figueira: "Vem, reina sobre nós". E replicou a figueira por sua vez: "Eu, renunciar à minha doçura e ao belo fruto que produzo para ir reinar sobre as árvores?". E disseram as árvores ao espinheiro: "Vem, reina sobre nós". E respondeu o espinheiro às árvores: "Se, na verdade, me ungirem rei de vocês, que venham buscar abrigo sob mim; se não, possa o fogo sair do meu espinho e que ele devore os cedros do Líbano".

253. O lenhador e Hermes

Um lenhador cortava lenha perto do rio quando perdeu o machado, que a correnteza levou. Ele sentou-se triste na margem e pôs-se a chorar. Por fim, Hermes apiedou-se dele e veio saber o motivo do choro. Assim que o soube, mergulhou, trouxe um machado de ouro e perguntou ao lenhador se era o que tinha perdido. Como o homem dissesse que não era aquele, Hermes de novo mergulhou e trouxe um de prata. E o lenhador disse que aquele também não era o dele. Mergulhando pela terceira vez Hermes trouxe o machado do lenhador; e este reconheceu que aquele era o machado que perdera. A honestidade do lenhador tanto encantou Hermes que este deu-lhe todos os machados. De volta para junto de seus companheiros, contou-lhes sua aventura e um deles, enciumado, quis obter o mesmo. Munido de um machado, foi para a margem do rio, atirou de propósito seu machado na correnteza, sentou-se e pôs-se a chorar. Também apareceu-lhe Hermes e, indagando o motivo de seu choro, soube da perda do machado. O deus mergulhou e, de igual forma, trouxe um machado de ouro e perguntou se era o que havia perdido. E o lenhador, seduzido pelo engodo do ganho fácil, disse "Sim, é ele, na verdade". E o deus, aborrecido com a desonestidade, não só não lhe deu o de ouro, como não devolveu ao homem o próprio machado.

Moral: A fábula mostra que a divindade é favorável aos justos tanto quanto é hostil aos injustos.

254. Os viajantes e o urso

JACK ORR

Dois amigos viajavam juntos por um trecho do caminho quando um urso apareceu-lhes de repente. Um deles subiu bem alto em uma árvore e lá se escondeu, e o outro, a ponto de ser apanhado, deixou-se cair ao chão e fingiu-se de morto. O urso aproximou dele o focinho e o cheirou de todos os lados, enquanto ele reteve a respiração, pois dizem que o urso não toca em animal morto. Depois que o urso se afastou, o homem que estava na árvore desceu e quis saber o que o urso lhe havia dito ao ouvido. E o outro respondeu: “Ele me aconselhou a não mais viajar, daqui para frente, com os amigos que fogem na hora do perigo”.

Moral: A fábula mostra que as desgraças põem à prova os verdadeiros amigos.

255. Os viajantes e o corvo

Algumas pessoas que viajavam a negócios, cruzaram caminho com um corvo que havia perdido um dos olhos. Um dos viajantes disse ao amigo que seria melhor voltarem, pois tal devia ser o significado do presságio; e o outro, tomando a palavra, disse: “E como este pássaro pode predizer-nos o futuro, já que não soube prever a perda do próprio olho, para evitá-la?”.

Moral: Assim também, entre os homens: os que não sabem cuidar de suas próprias coisas, não são qualificados para aconselhar o próximo.

256. Os viajantes e o machado

DUHAMEL

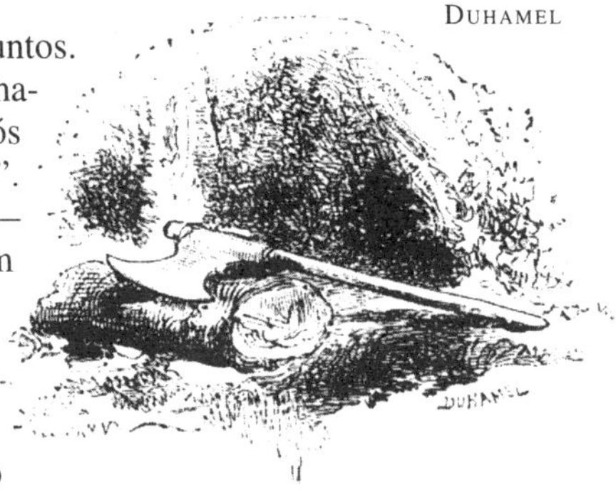

Dois homens viajavam juntos. Um deles encontrou um machado, e o outro exclamou: “Nós encontramos um machado”. “Não digas encontramos — redargüiu o primeiro — e sim “encontraste”. Logo depois, aqueles que haviam perdido o machado os alcançaram e se atiraram sobre eles; o homem que estava com o machado, fugindo da perseguição, disse ao companheiro: “Estamos perdidos”. E aquele retrucou: “Não digas ‘estamos perdidos’, e sim ‘estou perdido’, pois, quando ‘encontraste’ o machado, não quiseste saber de repartir comigo o achado”.

Moral: A fábula mostra que não compartilhar o sucesso com os amigos, fará certamente que não se possa contar com eles nas desgraças.

257. Os viajantes e o plátano

Certo dia de verão, uns viajantes castigados pelo sol do meio-dia, refugiaram-se sob um plátano e deitaram-se à sua sombra para descansar. E, olhando por entre a ramagem do plátano, diziam uns aos outros: "Eis aí uma árvore estéril sem utilidade alguma para os homens". E o plátano os interrompeu dizendo: "Ingratos, justamente quando se beneficiam com minha boa ação, chamam-me de inútil e estéril?".

Moral: Assim também, entre os homens, há os que são tão infelizes que mesmo suas boas ações não conseguem convencer o próximo de sua bondade.

258. Os viajantes e as urzes

Uns viajantes que caminhavam ao longo da praia chegaram a um outeiro. De lá, avistaram umas urzes boiando lá longe, e julgaram tratar-se de um grande navio de guerra que estaria para atracar. Quando as urzes se aproximaram, levadas pelo vento, já não mais lhes pareciam um navio de guerra, mas um navio mercante. Por fim, quando as plantas encalharam na praia, eles viram que eram apenas urzes e disseram uns aos outros: "Que grandes tolos somos nós, que esperamos por algo tão insignificante!".

Moral: A fábula mostra que certos homens parecem temíveis vistos à distância, mas de quem a prova dos fatos mostra sua insignificância.

259. O viajante e a Verdade

Atravessando o deserto, um viajante encontrou uma mulher solitária e cabisbaixa e lhe perguntou: "Quem és?". E ela respondeu: "A Verdade". "E por que deixaste a cidade dos homens para esta vida de eremita do deserto?" "Porque antigamente, poucos eram os que mentiam, mas hoje a mentira vive no meio dos homens, tanto dos que ouvem como dos que falam", respondeu a Verdade.

Moral: A vida se torna pior e mais penosa para os homens quando a mentira prevalece sobre a verdade.

260. O viajante e Hermes

Um viajante, que tinha diante de si uma longa jornada, prometeu que se encontrasse algo valioso em seu caminho, consagraria a Hermes a metade. E acabou dando com um alforje, no qual havia amêndoas e tâmaras; julgando que contivesse prata apanhou-o e o sacudiu. Viu então o que continha e comeu tudo. Então, depositou as cascas das amêndoas e os caroços das tâmaras sobre um altar, dizendo: "Estou pagando minha promessa, ó Hermes, pois divido contigo o que estava fora e o que estava dentro do que encontrei".

Moral: A fábula aplica-se ao avarento que, por cobiça, usa de esperteza até contra os deuses.

261. O viajante e a Sorte

Um viajante, extenuado pelo longo caminho percorrido, deixou-se repousar junto a um poço, e adormeceu. Estava a ponto de cair no poço, quando a Sorte apareceu e acordou-o dizendo: "Ó amigo, se tu tivesses caído, acusarias a mim, e não a tua imprudência".

Moral: Assim, muitos homens, causadores de suas próprias mazelas, acusam os deuses.

262. Os burros falando a Zeus

Um dia, os burros não mais suportando sua sina de animais de carga e de sofrerem de fadiga, enviaram embaixadores a Zeus, pedindo para por um fim aos seus sofrimentos. E Zeus, para mostrar-lhes que isso era impossível, disse que eles seriam aliviados de seus males o dia em que, urinando, conseguissem formar um rio. E tomando isso ao pé da letra, até hoje os burros sempre que encontram urina de burro urinam também no mesmo lugar.

Moral: A fábula mostra que não se pode remediar ao que está destinado a cada um.

263. O comprador de burro

Um homem que queria comprar um burro levou um deles para experimentar e o colocou junto de seus próprios asnos. O recém-chegado, deixando os demais, colocou-se ao lado do mais preguiçoso e mais guloso. E, vendo que permanecia ocioso, o homem colocou-o no cabresto e o devolveu ao proprietário. Como este indagasse se a experiência fora suficiente, o comprador respondeu: "De minha parte, não preciso de mais nenhuma prova, pois sei que ele tem os mesmos hábitos do companheiro que ele escolheu para ficar perto".

Moral: A fábula mostra que somos julgados iguais àqueles que gostamos de freqüentar.

264. O burro selvagem e o burro doméstico

Um burro selvagem, vendo um burro doméstico tomando sol, aproximou-se e o felicitou por seu belo porte e do belo pasto do que gozava. Mas algum tempo depois, ao vê-lo carregando um fardo, seguido pelo asneiro que lhe batia com seu bastão, exclamou: "Ah! Não mais invejo tua felicidade, pois vejo que tua abundância não vem sem grandes sofrimentos!".

Moral: Assim, não é invejável o ganho acompanhado de perigos e sofrimentos.

265. O burro carregando o sal

Um burro carregado de sal atravessava um rio; escorregou e caiu na água. O sal dissolveu na água, e o burro levantou sentindo-se mais leve, o que o deixou muito satisfeito. Tempos depois, ao passar novamente perto do rio com um fardo de esponjas, acreditou que uma nova queda aliviaria também aquela carga. Então, escorregou de propósito. Mas as esponjas encharcaram de água, a ponto de o burro não poder mais levantar-se e ali se afogar.

Moral: Assim são, às vezes, os homens: não percebem que suas próprias artimanhas os atiram na desgraça.

266. O burro levando a estátua de um Deus

Um homem conduzia para a cidade seu burro, sobre o qual colocara a estátua de um deus. Como os passantes se prosternassem diante dela, o burro imaginou que era a ele que reverenciavam. Cheio de orgulho começou a zurrar, e não queria dar mais um passo. Mas o asneiro, percebendo o que acontecia, assentou-lhe uns bons golpes de cacete e disse: "Ah! Cabeça ruim! Só faltaria isso acontecer: um burro como tu ser adorado pelos homens!".

Moral: A fábula mostra que os que se gabam das qualidades alheias, expõem-se ao riso daqueles que os conhecem.

267. O burro (na pele de leão) e a raposa

F. Opper

Um burro, vestindo uma pele de leão, andava semeando o terror entre os animais. Então, ao ver uma raposa, tentou assustá-la também. Mas ela, que logo antes ouvira casualmente sua voz, disse-lhe: "Creia-me, terias me assustado também, se não tivesse ouvido o teu zurrar".

Moral: Assim, às vezes pessoas sem preparo que têm uma aparência pomposa que as faz parecer grandes personagens, revelam seu verdadeiro ser traídas pelo seu falar.

268. O burro felicitando o cavalo

Um burro felicitava um cavalo por este receber bons tratos e fartura de alimento, enquanto ele próprio não ganhava nem palha suficiente e sofria grandes males. Chegado porém o tempo de guerra, um soldado com sua armadura montou no cavalo e foi com ele para a batalha; aqui, no furor da luta no meio dos inimigos, o animal foi ferido e morreu. Sabendo disso, o burro mudou de opinião e sentiu pena do cavalo.

Moral: A fábula mostra que não convém invejar os superiores e os mais ricos, pois são alvo de cobiça e expostos ao perigo, e sim amar a pobreza.

269. O burro, o galo e o leão

Na fazenda, um galo estava junto de um burro. Um leão faminto atacou o burro e já ia devorá-lo. Mas o canto estridente do galo assustou o leão (dizem, com efeito, que ele tem medo do canto do galo), que fugiu. O burro, exaltado, julgando que o leão fugira por temê-lo, saiu para caçá-lo. Mas quando chegaram a uma distância onde a voz do galo não mais alcançava, o leão voltou-se e o devorou.

Moral: Assim aplica-se a certas pessoas, que perseguem seus inimigos que parecem fracos. Sua temeridade cega as atira entre suas garras.

270. O burro, a raposa e o leão

Após terem feito aliança, um burro e uma raposa saíram para o campo. Mas um leão se encontrava em seu caminho, e a raposa, na iminência do perigo, aproximou-se do leão e prometeu entregar-lhe o burro em troca de sua salvação. O leão prometeu-lhe a liberdade, e a raposa levou o burro a cair em uma cilada. O leão, ao ver que o burro não poderia escapar-lhe, primeiro deu cabo da raposa e só depois se voltou para o burro.

Moral: Assim, tramar a perda dos próprios associados, causa com freqüência a própria desgraça sem que se a perceba.

271. O burro e as rãs

Um burro ia atravessando um pântano levando uma carga de madeira, escorregou e caiu. Incapaz de se erguer, pôs-se a gemer e a lamentar-se. As rãs do mangue, ao ouvir seus lamentos, disseram: "Ó amigo, como seria se passasses aqui tanto tempo como nós, que tanto gemes, ainda que caído há pouco?".

Moral: Essa fábula poderia aplicar-se a um homem fraco que não suporta as menores desgraças, enquanto outros suportam facilmente males maiores.

272. O burro e o mulo

Um burro e um mulo caminhavam juntos. Ao constatar que as cargas de ambos eram iguais, o burro ficou indignado e começou a se lastimar, vendo que o mulo, julgado digno de dupla ração, não carregava nada a mais que ele. Depois de terem coberto uma parte do caminho, o asneiro, vendo que o burro já não agüentava, retirou-lhe parte do seu fardo e a pôs no mulo. Mais adiante, vendo novamente o burro mais esgotado, retirou outra parte da carga, até que por fim tirou a carga toda do burro e pôs no mulo. E este então, olhando para o burro, disse: "Ó amigo, não te parece que eu mereço, com justiça, minha dupla ração?".

Moral: Assim também, quanto a nós, devemos julgar as condições de cada um não pelo começo, mas pelo fim.

273. O burro e o jardineiro

Um burro trabalhava para um jardineiro e só ganhava uma miséria de comida por um trabalho pesado. Por isso suplicou a Zeus que o libertasse do jardineiro e que o fizesse passar às mãos de outro dono. Zeus encarregou pois Hermes de fazê-lo vender a um fabricante de potes. Novamente o burro se sentiu infeliz, trabalhando mais do que antes, pois seus fardos eram mais pesados; e novamente suplicou Zeus para mudar de dono, e foi vendido a um curtidor. O burro, quando viu o que era a profissão do novo dono, disse suspirando: "Ai de mim, infeliz! Melhor me teria sido permanecido com meu primeiro dono, pois este, segundo vejo, curtirá também a minha pele".

Moral: A fábula mostra que os serviçais sentem falta de seus primeiros senhores quando experimentam os outros.

274. O burro, o corvo e o lobo

Um burro que tinha uma ferida nas costas, pastava em uma campina. Um corvo pousou sobre ele para bicar a ferida, e o burro zurrava e pulava de tanta dor. O asneiro que estava à certa distância contentou-se a rir, e um lobo que passava viu a cena e disse a si mesmo: "Infelizes nós, que mal somos vistos e já somos perseguidos, e os que estão por perto ainda riem!".

Moral: A fábula mostra que os homens maus são reconhecidos não só pela própria cara, mas também à primeira vista.

275. O burro e o cãozinho

Um homem que tinha um cão-de-malta[50] e um burro costumava brincar com seu cãozinho. Quando saía para jantar, sempre trazia alguma coisa para o cão, e lhe atirava a comida quando este vinha abanando o rabo. Enciumado, o burro correu para o dono pulando,

[50] Cão-de-malta é uma espécie de pequeno porte, originário da Ilha Malta, no Mar Mediterrâneo.

Sophia Rosamond Praeger

e acabou por dar-lhe um coice. Furioso, o homem mandou que o burro fosse levado a pauladas e amarrado à manjedoura.

Moral: A fábula mostra que nem todos nascem para tudo.

276. O burro e o cão viajando juntos

Um burro e um cão que caminhavam juntos encontraram no chão uma carta lacrada. O burro apanhou-a, rompeu o lacre e a leu em voz alta, de modo a ser entendido pelo cão. A carta, disse ele, tratava de forragem, ou seja, feno, cevada e palha. Ora, o cão, desgostoso, se aborreceu com aquela leitura, e então disse ao burro: "Pule algumas linhas, meu querido, e veja se ela não trata também de carnes e ossos". E o burro após ter lido a carta toda nada encontrou sobre o que o cão queria. Assim, este novamente falou: "Joga-a fora, meu amigo, pois do seu conteúdo nada tem valor".

277. O burro e o asneiro

Após ter percorrido uma parte do caminho, um burro, conduzido por um asneiro, deixou o caminho plano e tomou outro escarpado. Como estivesse para cair em um precipício, o asneiro agarrou-o pela cauda, na tentativa de fazê-lo voltar. Mas o burro puxava no sentido oposto, e o asneiro o largou dizendo: “Amarga vitória a tua! Não a disputarei com você”.

Moral: A fábula aplica-se àquele que tudo disputa.

278. O burro e as cigarras

Tendo ouvido as cigarras cantarem, um burro, encantado com sua voz e invejoso de sua harmonia, perguntou qual era seu alimento para ter aquela voz. E elas responderam: “Orvalho”. E o burro, que ficou esperando pelo orvalho, acabou morrendo de fome.

Moral: Aqueles cujo desejos se opõem à sua natureza, não só não os satisfazem, como também sofrem grandes males.

279. O burro (que julgava ser um leão)

Um burro vestira a pele de um leão, e com esse disfarce assustava homens e feras. O vento porém soprou e lhe tirou a pele, e assim o burro ficou nu. Então, todos avançaram contra ele e cobriram de cacetadas e maçadas.

Moral: Sendo apenas um simples mortal, não imites os grandes, para não cair no ridículo nem se expor ao perigo, pois não nos devemos apropriar do que nos é estranho.

280. O burro (que comia paliúro) e a raposa

Um burro comia a ramagem espinhosa de paliúros. Uma raposa o viu e lhe disse: "Como, podes, tendo uma língua tão macia e tão mole, mastigar e comer uma comida tão dura?".

Moral: A fábula aplica-se àqueles cuja língua profere palavras ásperas e perigosas.

281. O lobo médico

Enquanto pastava em um campo, um burro viu um lobo que avançava me sua direção e fingiu-se de coxo. O lobo se aproximou dele e indagou a causa de ele ser coxo, e o burro respondeu que, ao atravessar uma cerca, pisara sobre um espinho. Pediu-lhe, então, que primeiro lhe tirasse o espinho e, depois, poderia comê-lo sem se machucar. O lobo acreditou na conversa e, enquanto levantava a pata do burro e procurava o espinho no casco, o burro desferiu-lhe uma poderosa patada na boca que lhe fez saltarem todos os dentes. E o lobo, em estado lastimável, exclamou: "Bem feito para mim, por que quis eu me meter a ser médico, quando meu pai me tinha ensinado a ser açougueiro?".

Moral: Assim também, entre os homens, quando se envolvem naquilo que não lhes diz respeito, procuram justamente a desgraça.

282. O caçador de pássaros e os pombos

Após ter armado suas redes, às quais havia amarrado uns pombos domésticos, um caçador de pássaros afastou-se e ficou à espreita. Pombos selvagens se aproximaram dos aprisionados e ficaram presos na rede; o caçador correu para apanhá-los. Os selvagens acusavam então os domésticos, pois que, sendo da mesma espécie, não os tinham avisado da armadilha. Ao que os pombos domésticos responderam: “Para nós, é melhor agradar nossos donos do que agradar nossos parentes”.

Moral: Assim também, não devem ser censurados os serviçais que, para agradar seus amos, deixam de lado a amizade dos próprios familiares.

283. O caçador de pássaros e a cotovia

Um caçador de pássaros estendia seus laços para os pássaros. Uma cotovia que o vira de longe, perguntou-lhe o que estava fazendo. Ele lhe respondeu que fundava uma cidade. Depois se afastou e se escondeu. A cotovia, confiando nas palavras do homem, aproximou-se e ficou presa na rede. Quando o caçador veio, ela disse: “Ó homem, se é assim que fundas uma cidade, não vais encontrar muitos habitantes para ela”.

Moral: A fábula mostra que, quando as casas e as cidades ficam vazias é porque seus chefes são rudes.

284. O caçador de pássaros e a cegonha

Um caçador de pássaros, após ter armado suas redes para pegar grous, espreitava de longe a caça. Uma cegonha veio pousar entre os grous, e ele correu e também a levou com ele. A cegonha lhe suplicava que a soltasse, argumentando que em nada era nociva aos homens, mas até lhes prestava um grande serviço, pois se alimentava de cobras e outros répteis. Mas o caçador respondeu: “Mesmo não sendo de fato má, mereces entretanto um castigo, porque pousaste entre eles, que são maus”.

Moral: Nós também devemos evitar a companhia dos maus, sob pena de parecer que partilhamos seus vícios.

285. O criador de pássaros e a perdiz

A hora já ia bem avançada quando um hóspede apresentou-se à casa de um criador de pássaros. Nada mais tendo para lhe oferecer, ele foi buscar sua perdiz domesticada para sacrificá-la. Foi quando a ave lhe censurou sua ingratidão, pois ela sempre lhe fora tão útil, atraindo os pássaros com seus gritos e os entregando a ele, e eis que agora ia matá-la. "Mais um motivo para te sacrificar", respondeu o homem, "pois que nem os da tua própria espécie tu poupas".

Moral: A fábula mostra que os que traem seus parentes são odiados tanto por suas vítimas quanto por aqueles a quem as entregam.

286. A galinha e a andorinha

Uma galinha encontrou ovos de serpente, que ela chocou com cuidado e, por fim, ajudou-os a eclodir. Uma andorinha que vira isso, disse: "Como és tola! Por que crias estes seres de quem, quando crescidos, serás a primeira vítima?".

Moral: Assim, a maldade não se deixa abrandar nem pelo maiores benefícios.

287. A galinha de ovos de ouro

GUSTAVO DORÉ

Um zeloso adorador de Hermes fora agraciado por este com uma galinha que punha ovos de ouro. O homem porém não se contentava com este ganho, que achava modesto. Crendo que ela tinha nas entranhas um monte de ouro, não hesitou em matá-la. E viu então que era igual às outras galinhas. Assim, pela ganância ficou privado até dos ovos, nos quais encontrava um pequeno ganho.

Moral: Assim os gananciosos, que querem sempre mais, chegam a perder até o que possuem.

288. A cauda e o corpo da serpente

Certo dia, a cauda de uma serpente achou que poderia conduzi-la e ir à frente. O restante do corpo perguntou: "Como poderás nos conduzir, sem olhos nem nariz, como os outros animais?". Mas ela não se convenceu, e o bom senso foi vencido. A cauda assumiu pois a dianteira e conduziu o corpo às cegas até que o levou a cair em um buraco cheio de pedras, onde a serpente se feriu bastante. Agitando-se, a cauda suplicava à cabeça, dizendo: "Salva-nos, por favor, pois tu és a senhora e eu agi mal tentando tomar teu lugar".

Moral: A fábula se aplica aos homens tolos e maus que se revoltam contra seus senhores.

289. A serpente, a doninha e os ratos

Uma serpente e uma doninha brigavam em uma casa. Quando as viram lutar, os ratos dali, que sempre eram dizimados por ambas, saíram folgados de seus buracos. Mas assim que viram os ratos, as lutadoras renunciaram à sua briga e voltaram-se contra eles.

Moral: Assim também, nas cidades, os que se envolvem nas querelas dos demagogos não percebem que se tornam odiosos aos dois partidos.

290. A serpente e o caranguejo

Uma serpente e um caranguejo viviam no mesmo território. O caranguejo se comportava com retidão e bondade em relação à serpente, mas esta se mostrava sempre dissimulada e malvada. O caranguejo sempre a exortava a deixar seus modos tortuosos e a imitar sua retidão, mas ela fazia ouvidos moucos. Assim, o caranguejo indignado, esperou um momento em que ela dormia, agarrou-a pela garganta e a matou. Ao vê-la morta e estendida em todo seu comprimento, disse: “Ó minha cara, não é agora que estás morta que deverias estar direita, mas quando eu te aconselhava e tu não me ouvias!”.

Moral: Poder-se-ia muito oportunamente aplicar essa fábula àqueles homens que durante a vida são maus para com os amigos e só lhes prestam serviço quando morrem.

291. A cobra pisada e Zeus

Uma serpente, que os homens não paravam de pisar, foi queixar-se a Zeus sobre isso. E este respondeu-lhe: “ Se tivesses mordido o primeiro que te pisou, o segundo não teria se atrevido a fazer isso”.

Moral: A fábula mostra que enfrentar os primeiros agressores, faz os seguintes tornarem-se mais cautelosos.

292. A criança que vomita as vísceras

Alguns camponeses convidaram seus vizinhos para o sacrifício de um boi, e entre eles uma mulher pobre e seu filho. Como a festa andava adiantada, a criança, com o estômago empanturrado de carne, sentiu-se mal e disse: “Ó mãe, vou vomitar minhas tripas!”. E a mãe lhe respondeu: “Não as tuas, filho, mas as que comeste”.

Moral: Essa fábula se aplica ao devedor, que se apressa em tomar o bem alheio, mas sofre quando lhe é reclamado, como se estivesse pagando do seu bolso.

293. A criança (que caçava gafanhotos) e o escorpião

Ao pé da muralha da cidade, uma criança caçava gafanhotos. Depois de ter apanhado bastante, viu um escorpião e, julgando que também fosse um gafanhoto, uniu as mãos em concha para pegá-lo. Foi quando o escorpião, armando seu ferrão, disse: “Se tivesses feito isso, terias também perdido os gafanhotos que apanhastes”.

Moral: Essa fábula ensina que não se deve tratar da mesma forma os bons e os maus.

294. A criança e o corvo

A uma mulher que consultara os adivinhos sobre sua criança de tenra idade, estes predisseram que o menino seria morto por um corvo. Apavorada, ela fez construir uma arca muito grande e o fechou lá dentro, para evitar que ela fosse morta pelo corvo. E dia após dia, em determinadas horas, abria a arca para dar à criança o alimento de que necessitava. Um dia, abriu como sempre a arca e já ia fechá-la, quando a criança, imprudentemente, pôs a cabeça para fora. Então a tampa recurva da arca, caindo sobre sua cabeça, matou-a.

Moral: A fábula mostra que o destino é inexorável.

295. O filho e o leão (pintado)

Um velho medroso tinha um único filho, corajoso e amante da caça. O pai viu em sonho o rapaz sendo morto por um leão. Temendo que o sonho se tornasse realidade, fez construir no andar de cima um belo aposento para nele segurar o filho. Para seu deleite, mandou pintar no cômodo todo tipo de animais, entre os quais um leão. E quanto mais olhava a figura, mais aumentava a tristeza do moço. Certo dia, parado diante da figura do leão, disse: "Ó animal bravio, é por tua causa, e também pelo sonho falaz de meu pai que estou preso neste gineceú[51]. Nem sei o que eu poderia fazer-te!". E, raivoso, desferiu um soco na parede para acertar o olho do leão. Nesse gesto, uma farpa entrou sob sua unha, que causou-lhe muita dor e inflamou e infeccionou em um grande inchaço. Ardendo em febre, o jovem logo veio a morrer. O leão, embora sendo apenas uma pintura, matou-o e de nada serviu o artifício do pai.

Moral: Aquilo que está para acontecer a alguém deve ser aceito com coragem, sem armar estratagemas, pois o que está destinado, com efeito, se cumprirá.

---

[51] Gineceú era a ala da casa destinada às mulheres, geralmente no andar superior.

296. O menino ladrão e sua mãe

Ao voltar da escola, um menino entregou à sua mãe as tabuinhas que roubara de seu colega. Como esta não o castigasse, mas ainda o elogiasse, em uma segunda vez ele roubou um manto e lhe trouxe. E sua mãe o elogiou ainda mais. A criança cresceu e, já moço, passou a praticar roubos maiores. Um dia, porém, foi apanhado em flagrante e, com as mãos atadas às costas, foi levado ao carrasco. Sua mãe o acompanhava batendo no peito em sinal de pesar, e ele disse que queria falar-lhe algo ao ouvido. E assim que ela se aproximou do filho, ele abocanhou o lóbulo de sua orelha e o arrancou com selvageria. Ela o censurou por sua impiedade, pois, não bastassem os crimes anteriores, também mutilava sua mãe! E ele respondeu: "Se no dia em que te trouxe aquela tabuinha, meu primeiro roubo, tu me tivesses repreendido, eu não me veria hoje neste ponto, sendo conduzido para a morte".

Moral: A fábula mostra que o vício que não é reprimido desde o início torna-se cada vez maior.

297. A criança que tomava banho

Um dia, uma criança que tomava banho em um rio, corria o risco de se afogar. Como visse um viajante, gritou por socorro. E aquele pôs-se a censurar a criança por sua temeridade. Mas o jovenzinho lhe disse: "Por enquanto salve-me, para depois, quando me tiveres tirado daqui, censurar-me".

Moral: A fábula refere-se àqueles que dão eles mesmos os motivos para sofrerem injustiças.

298. O guardador de depósito e o juramento

Um homem que havia recebido um depósito de um amigo, planejava apossar-se dele. E, então, como aquele o citasse para prestar juramento, como precaução ele decidiu partir para o campo. Chegado às portas da cidade, viu um coxo que saía, e perguntou-lhe quem era e para onde ia. Este lhe respondeu que era o Juramento e que ia combater os ímpios. O homem fêz-lhe pois outra pergunta: "De quanto em quanto tempo voltava a visitar às cidades?". E aquele disse: "A cada quarenta anos e, algumas vezes, cada trinta". No dia seguinte, o homem jurou, sem hesitar, que não recebera nenhum depósito. Deparou-se porém com o Juramento, que o agarrou para atirá-lo no precipício; e ele se queixou ao Juramento, pois ele lhe dissera que voltava em trinta anos e nem sequer um dia de prazo lhe havia dado. E o Juramento respondeu: "Veja bem, quando alguém quer me provocar, tenho por hábito voltar no mesmo dia".

Moral: A fábula mostra que a punição da impiedade não tem dia marcado.

299. O pai e as filhas

Um homem tinha duas filhas. Casara uma com um hortelão e a outra com um oleiro. Passado algum tempo, foi visitar a mulher do hortelão e lhe perguntou como estava e como iam seus negócios. E ela lhe disse que tudo ia bem e que só tinha uma coisa a pedir aos deuses: temporais e chuva para regar os legumes. Não muito depois, foi à mulher do oleiro e lhe fez a mesma pergunta, ao que ela respondeu que não precisava de outras coisas exceto céu claro e sol brilhante, para secar a louça de barro. O pai, então, exclamou: "Se tu pedes bom tempo e tua irmã tempo ruim, com qual das orações, as tuas ou as dela, que devo unir minhas súplicas?".

Moral: Assim, os que, ao mesmo tempo, se envolvem em empreendimentos contrários, com certeza fracassam em ambos.

300. A perdiz e o homem

Um homem que caçara uma perdiz, ia matá-la. Ela, porém, o suplicava, dizendo: "Deixa-me viver e, em troca, farei còm que apanhes muitas perdizes". E ele respondeu: "Por isso mesmo é melhor sacrificar-te, pois queres pegar com armadilhas teus semelhantes e amigos".

Moral: Aquele que trama contra seus semelhantes cairá ele próprio em armadilhas perigosas.

301. A pomba sedenta

Uma pomba sedenta viu um quadro que mostrava um vaso com água e acreditou que fosse real. Batendo asas, atirou-se afoita contra o quadro e, sem querer, feriu-se. Com as asas quebradas, caiu ao chão e foi capturada por um transeunte.

Moral: Assim são alguns homens: arrastados pela violência de seus desejos, se atiram às cegas nas coisas sem perceber que caminham para a própria perdição.

302. A pomba e a gralha

Uma pomba, criada em um pombal, se vangloriava de sua fecundidade. Ao ouvir suas palavras, uma gralha disse: "Ah! Minha cara, pára de contar vantagens; quanto mais filhos tiveres, mais escravos terás a deplorar".

Moral: Assim também, entre os servos, os mais infelizes são aqueles que têm mais filhos na escravidão.

303. Os dois alforjes

Após ter plasmado os homens, certo dia Prometeu colocou no pescoço deles dois alforjes, um contendo os males alheios e o outro com os próprios. O alforje contendo os vícios alheios ele colocou na frente, e nas costas pendurou o outro. Eis porque os homens vêem com tanta clareza os defeitos dos outros, mas não percebem os seus próprios.

Moral: Poder-se-ia aplicar essa fábula àquele que, indiscreto, é cego quanto aos seus próprios negócios, e cheio de zelo com os que não lhe dizem respeito.

304. O macaco e os pescadores

Um macaco, aninhado em uma árvore alta, ficou observando como os pescadores atiravam suas redes no rio. Assim que colocaram a rede, se afastaram um pouco para comer. O macaco desceu da árvore e tentou imitá-los, pois, dizem, o macaco gosta de imitar. Mas assim que mexeu nas redes, nelas ficou preso. E, todo atrapalhado, disse a si mesmo: “Bem feito para mim! Por que me meti a pescar se não aprendi a fazer isso?”.

Moral: A fábula mostra que pôr as mãos em algo que não se conhece não só não leva a nada, mas também pode ser perigoso.

305. O macaco e o delfim

GUSTAVO DORÉ

É costume, nas travessias pelo mar, levar como companhia cães-de-Malta ou macacos como distração durante a viagem. Um homem embarcou pois com um macaco. Nas proximidades do cabo Súnião, promontório da Ática, sobreveio uma forte tempestade e o navio naufragou. Todos se salvaram nadando, inclusive o macaco. Um delfim o viu e, tomando-o por um homem, deslizou embaixo dele e o levou à terra firme. Chegados ao Pireu, porto marítimo de Atenas, perguntou ao macaco se era nativo de Atenas. Como o outro respondesse afirmando, e que ali tinha até parentes ilustres, o delfim perguntou se ele conhecia também o Pireu. Julgando que o delfim falasse de um homem, o macaco disse que Pireu era até um grande amigo seu. Indignado com tal mentira, o delfim jogou o macaco na água e o deixou afogar.

Moral: A fábula é para os mentirosos que julgam poder enganar.

306. O macaco e o camelo (dançarinos)

Durante uma assembléia de animais, um macaco levantou-se e executou uma dança que foi apreciada e aplaudida por todos. Invejoso, um camelo quis receber os mesmos aplausos. Por isso, levantou-se e também pôs-se a dançar. Mas seus gestos eram tão grotescos que os animais, indignados, o expulsaram a golpes de cacetes.

Moral: A fábula aplica-se aos que, por inveja, rivalizam com outros melhores que eles.

307. Os filhotes da macaca

Dizem que as macacas põem no mundo gêmeos e que cuidam e alimentam com solicitude um deles e odeiam e negligenciam o outro. Ora, acontece que, por decreto da fatalidade divina, aquele que ela escolheu vem a morrer, enquanto o outro, negligenciado, cresce perfeito.

Moral: A fábula mostra que nossas precauções nada podem contra a sorte.

308. Os navegantes

Umas pessoas embarcaram e viajavam a todo pano. Chegados em alto mar sobreveio uma forte tempestade, que ameaçava afundar seu navio. Um dos passageiros pôs-se a rasgar as vestes e, com choros e gemidos, a invocar os deuses de sua pátria, a quem prometia oferecer sacrifícios se salvassem o navio. A tempestade cessou, e seguiu-se a calmaria. De tanta alegria, os passageiros festejavam e pulavam como pessoas que tivessem saído de um mau pedaço. Mas o comandante, pessoa de boa têmpera, lhes disse: "Amigos, nos alegremos sim, mas como pessoas que devam, talvez, esperar outra tempestade".

Moral: A fábula ensina a não se deixar exaltar pelos favores da sorte, mas pensar na sua inconstância.

309. O rico e o curtidor

Um homem rico foi morar perto de um curtidor. E como achasse insuportável o mau cheiro, pressionava continuamente o outro para que se mudasse. O curtidor sempre adiava a mudança, prometendo que partiria em breve. Passado algum tempo, o rico acostumou-se com o cheiro e parou de importunar seu vizinho.

Moral: A fábula mostra que o hábito também atenua as coisas desagradáveis.

310. O rico e as carpideiras

Um homem rico tinha duas filhas. Uma delas morreu, e o pai contratou carpideiras. A outra, então, disse à mãe: "Somos bem infelizes, nós que fomos atingidas por este luto e não sabemos fazer lamentações, enquanto essas mulheres, que nada são para nós, se batem no peito e choram com tal intensidade!". E a mãe respondeu-lhe: "Mas não te admires, filha, se elas fazem lamentações tão comoventes, pois são pagas para tanto!".

Moral: Assim, há pessoas que visando ganhos, não hesitam em se aproveitar das desgraças alheias.

311. O pastor e o mar

Um pastor que apascentava seu rebanho junto à beira do mar, vendo a calmaria das águas resolveu navegar para fazer comércio. Por isso, vendeu seus cordeiros para comprar tâmaras, alugou um navio e levantou âncora. Veio porém violenta tempestade e o navio estava a ponto de naufragar; nosso pastor perdeu toda sua carga no mar e, com grande dificuldade, conseguiu chegar à terra firme. Depois de um tempo, um homem passou e ficou admirando o mar, que naquela hora estava tranqüilo. O pastor disse-lhe então: "Meu amigo, ele ainda deseja tâmaras, por isso está tão calmo".

Moral: A fábula mostra que das provações nasce a experiência.

312. O pastor e seu cão

Um pastor tinha o hábito de jogar para seu enorme cão os restos de ovelhas nascidas mortas e carcaças de cordeiros. Certo dia, ao voltar para o estábulo com sua grei, o pastor viu o cão aproximar-se dos cordeiros e acariciá-los. Então lhe disse: "Ora meu caro, que aquilo que tu desejas para eles recaia sobre tua cabeça!".

Moral: A fábula é oportuna para o adulador.

313. O pastor e os lobachos

Um pastor encontrara uns lobachos, criou-os com todo cuidado, com a idéia que, uma vez adultos, não só cuidariam de seus próprios cordeiros, mas também roubariam outros e os trariam para ele. E os lobachos, tão logo cresceram o bastante, na primeira oportunidade de atacar impunemente começaram por massacrar o rebanho dele. E quando o pastor viu isso, disse gemendo: "Bem feito para mim! Por que salvei sua vida quando eram pequenos, se teria de matá-los quando crescessem?".

Moral: Assim, poupar os maus é alimentar forças das quais seremos as primeira vítimas.

314. O pastor e o lobo (alimentado com os cães)

Um pastor encontrou um lobo recém-nascido, levou-o para criá-lo junto com seus cães. Já crescido, ele saía junto com os cães para caçar um lobo que tivesse roubado um cordeiro. Às vezes, se os cães sozinhos não conseguiam pegar o lobo e retornavam, ele continuava a perseguição até alcançá-lo e, por ser também um lobo, tomava sua parte da presa, e depois voltava. Mas se os lobos não pegassem um cordeiro, ele próprio o matava às escondidas e o comia junto com os cães; até que um dia o pastor, por alguns indícios, compreendeu sua malandragem, matou-o e o pendurou em uma árvore.

Moral: A fábula mostra que de uma natureza má não pode nascer um bom caráter.

315. O pastor e o filhote de lobo

Um pastor encontrou um filhote de lobo, e levou-o para criar. Quando cresceu e se tornou um lobacho, ensinou-o a roubar cordeiros da vizinhança. O lobo, treinado neste ofício, disse: "Agora, que me ensinaste a roubar, cuida para não ficares sem muitos dos teus próprios cordeiros".

Moral: Os que têm natureza temível, quando aprendem o caminho do mal, muitas vezes prejudicam seus próprios mestres.

316. O pastor e os cordeiros

Um pastor levara sua cria para um bosque de carvalhos, onde viu um grande carvalho carregado de bolotas. Após estender seu manto sobre ele, subiu na árvore para sacudir seus frutos. E os cordeiros, entretidos a comer as bolotas, comeram sem perceber também o manto. De novo no chão, o pastor viu o ocorrido e disse: "Ó animais estúpidos, vocês dão aos outros a lã para vestir-se e de mim, que os alimento, tiram até o manto!".

Moral: Assim, entre os homens: por tolice, muitos servem àqueles a quem nada devem e maltratam os que lhe são próximos.

317. O pastor, um lobo no curral e o cão

Um pastor ia recolher seus cordeiros no curral, e teria fechado com eles também um lobo, se seu cão, ao perceber o engano, não o tivesse alertado: "Se queres os cordeiros do rebanho vivos, como deixas entrar com eles este lobo?".

Moral: A aliança com os maus pode causar os maiores danos e mesmo a morte.

318. O pastor brincalhão

GUSTAVO DORÉ

Um pastor que levava seu rebanho bastante longe da aldeia, costumava aprontar a seguinte brincadeira: aos gritos, chamava os habitantes da vila pedindo socorro, alegando que os lobos atacavam seus cordeiros. As duas ou três primeiras vezes os aldeões saíram afoitos para ajudá-lo, mas voltaram sentindo-se enganados. Mas um belo dia, aconteceu por fim que apareceram lobos de verdade: e enquanto estes dizimavam seu rebanho, o pastor teve muito que chamar por socorro, mas em vão, pois supondo que fosse outra brincadeira, os vizinhos não fizeram o menor caso. E assim terminou por perder seus cordeiros.

Moral: A fábula mostra que os mentirosos só ganham o descrédito, mesmo quando dizem a verdade.

319. O deus da guerra e a Violência

Todos os deuses celebraram suas bodas, cada qual tomando sua mulher de acordo com a sorte. Ao deus da guerra, que tinha ficado por último, só restava a Violência. Profundamente apaixonado por ela, casou-se. E a acompanha a qualquer lugar aonde ela vá.

Moral: Onde quer que esteja a violência, na cidade ou entre as nações, a guerra e os combates a acompanham de perto.

320. O rio e a pele

Um rio viu uma pele de boi boiando em suas águas, e perguntou: "Como te chamas?". E ela respondeu: "Dura". E o rio, atirando sobre ela suas águas revoltas, disse: "Arranja para ti outro nome, pois logo eu te farei ficar mole".

Moral: O homem audaz e altivo muitas vezes é derrubado pelas vicissitudes da vida.

321. O cordeiro tosado

Enquanto estava sendo tosquiado desastradamente, um cordeiro disse ao seu tosquiador: "Se é a minha lã que queres, corta mais alto, mas se desejas a minha carne, mata-me logo de uma vez, mas pára de cortar-me aos pedaços".

Moral: A fábula se aplica aos que não têm habilidade em seu ofício.

322. Prometeu e os homens

Seguindo as ordens de Zeus, Prometeu modelou os homens e as feras. Mas Zeus, percebendo que os animais eram muito mais numerosos, ordenou que ele acabasse com um certo número deles, transformando-os em homens. E Prometeu executou a ordem; em conseqüência, aqueles que não tinham sido modelados desde o início como homens, vieram a ter a forma humana, mas a alma de brutos.

Moral: A fábula se aplica ao homem grosseiro e brutal.

323. A rosa e o amaranto

Um amaranto que crescia perto de uma rosa disse: "Que bela flor tu és! És a delícia dos deuses e dos homens! Eu te felicito por tua beleza e por teu perfume!". E a rosa respondeu: "Mas eu, ó amaranto, tenho vida curta e, mesmo que ninguém me colha, feneço. E tu floresces e vives assim sempre jovem!".

Moral: É melhor viver muito e modestamente do que viver pouco no esplendor.

324. A romãzeira, a macieira, a oliveira e a sarça

Uma romãzeira, uma macieira e uma oliveira disputavam entre si sobre a qualidade de seus frutos. Como a discussão se animasse bastante, uma sarça que as escutava da cerca vizinha disse: "Minhas amigas, deixemos para lá as discussões".

Moral: Quando a divergência opõe entre si os melhores cidadãos, os insignificantes tentam parecer importantes.

325. A trombeta

Uma trombeta, cuja função era tocar o toque de reunir, foi apanhada pelos inimigos e começou a gritar: "Não me matem, homens; seria inútil e sem razão, pois não matei nenhum de vocês. De fato, a não ser esse pouco cobre, nada mais possuo". E eles responderam: "Pois por isso mesmo tu deves morrer, porque tu, que não podes lutar, incitas os homens ao combate".

Moral: A fábula mostra que os que excitam os poderosos cruéis são os que mais mal fazem.

326. A toupeira e sua mãe

Uma toupeira, que é um animal cego, afirmou para sua mãe que podia ver. E aquela, para tirar a prova, apresentou-lhe um grão de incenso e lhe perguntou o que era. "É uma pedrinha" — disse a toupeira. E a mãe disse então: "Minha pobre filha, não só és cega, mas também perdeste o olfato".

Moral: Assim também, alguns fanfarrões que prometem o impossível, na primeira bagatela demonstram sua impotência.

327. O javali e a raposa

Um javali afiava suas presas aos pés de uma árvore. Uma raposa perguntou-lhe por que fazia aquilo, se não havia nenhum caçador e nenhum perigo a ameaçá-lo. E o javali disse: "Não é à toa que faço isso; em caso de perigo, eu não teria tempo de afiá-las, mas assim, estarão prontas para que eu as use".

Moral: A fábula mostra que é preciso prevenir-se antes da hora do perigo.

328. O javali, o cavalo e o caçador

Um javali e um cavalo compartilhavam o mesmo território. Como o javali não parava de destruir a erva e turvar a água, o cavalo quis livrar-se dele e procurou a ajuda de um caçador. Mas este disse que não poderia ajudá-lo, a menos que ele aceitasse o freio e se deixasse montar. E a tudo o cavalo consentiu. E assim, o caçador montado nele deu cabo do javali e, levando a montaria consigo, amarrou-a à manjedoura.

Moral: Do mesmo modo, muitas pessoas, cegas por sua cólera, se entregam ao poder alheio por desejar vingar-se dos inimigos.

329. A porca e a cadela

Uma porca e uma cadela cobriam uma a outra de injúrias. A porca jurava por Afrodite que, se a cadela não parasse, iria dilacerá-la a dentadas. E a cadela respondeu-lhe: "Definitivamente, não sabes o que estás dizendo, jurando por Afrodite. És por ela tão amada que chega a proibir a entrada em seu templo àquele que tiver saboreado tua carne impura". E a porca replicou: "Ora, isso não é ódio, e sim uma prova de que a deusa me ama, pois com isso quer evitar que eu seja sacrificada".

Moral: A fábula mostra que os oradores sabidos transformam muitas vezes em elogio as injúrias de seus adversários.

330. As vespas, as perdizes e o lavrador

Acossadas pela sede, algumas vespas e perdizes foram até um lavrador e lhe pediram água; em troca, prometeram prestar-lhe um serviço: as perdizes iriam capinar a vinha e as vespas montariam guarda nos arredores para afugentar os ladrões com seus ferrões. E o lavrador respondeu: "Muito bem, mas eu tenho dois bois que fazem tudo sem nada prometer. Então, é melhor dar de beber a eles do que a vocês".

Moral: A fábula é para os homens ingratos, que prometem prestar serviço mas causam prejuízos.

331. A vespa e a cobra

Uma vespa tinha pousado na cabeça de uma cobra, e a atormentava picando-a sempre com seu ferrão. A cobra, louca de dor e não tendo como revidar a seu inimigo, pôs sua cabeça sob a roda de um carro levando assim a vespa à morte junto com ela.

Moral: A fábula se refere àqueles que preferem morrer juntamente com seus inimigos.

332. O touro e as cabras selvagens

Perseguido por um leão, um touro refugiou-se em uma gruta onde se encontravam umas cabras selvagens. Como estas lhe batessem com seus chifres, ele disse: "Se suporto as suas pancadas, não é porque as tema, mas sim àquele leão que está na entrada da caverna".

Moral: Assim, muitos, por medo dos mais fortes, suportam até os ultrajes dos mais fracos.

333. O pavão e o grou

Um pavão menosprezava um grou fazendo pouco caso de sua cor e dizendo que "enquanto eu sou vestido de ouro e púrpura, tu não tens nada de belo em tuas asas". E o grou respondeu: "Mas eu canto bem perto das estrelas e vôo até o ponto mais alto do céu, enquanto tu, como um galo, andas no chão junto com as galinhas".

Moral: É melhor ser ilustre sob uma veste modesta do que vangloriar-se, ostentando apenas orgulho de sua riqueza.

334. O pavão e o gaio

GUSTAVO DORÉ

As aves deliberavam sobre a escolha de um rei, e o pavão julgou-se digno de ser eleito por sua beleza. As aves já iam votar nele, quando um gaio disse: "Mas, em teu reinado, se uma águia nos caçar, como nos socorrerás?".

Moral: A fábula mostra que os chefes devem ser escolhidos não por sua beleza, mas por sua prudência.

335. A cigarra e a raposa

Uma cigarra cantava no alto de uma grande árvore. Uma raposa, querendo devorá-la, concebeu o seguinte artifício: parada diante da árvore, admirava sua voz melodiosa e convidou-a a descer, alegando que desejava ver de perto o animal que cantava tão bem. Mas a cigarra, percebendo o embuste, arrancou uma folha e a deixou cair. A raposa precipitou-se, pensando que já fosse sua presa, mas esta lhe disse: "Se acreditavas que eu fosse descer, estavas bem enganada, pois quanto às raposas, eu me mantenho alerta desde que vi asas de cigarra no estrume de uma raposa".

Moral: Os homens sensatos extraem ensinamentos da desgraça de seu próximo.

336. A cigarra e as formigas

Durante o inverno, as formigas trabalhavam para secar o grão úmido, quando uma cigarra, faminta lhes pediu algo para comer. As formigas lhe perguntaram: "Por que, no verão, não reservaste também o teu alimento?". E a cigarra respondeu: "Não tinha tempo, pois cantava, alegrando o mundo com minha melodia". E as formigas, rindo, disseram: "Pois bem, se cantavas no verão, dança agora no inverno".

Moral: Descuidar de certos trabalhos pode trazer tristeza e faltas.

337. A muralha e a calvilha

Uma muralha, cruelmente perfurada por uma cavilha, pôs-se a gritar: "Por que me furas, se nada te fiz de mal?". E ela disse: "Não sou eu a culpada, mas aquele que, atrás de mim, me empurra violentamente".

338. O arqueiro e o leão

Um hábil arqueiro subiu à montanha para caçar. Todos os animais fugiram amedrontados, menos o leão, que o desafiou ao combate. O arqueiro atirou sua seta que atingiu o leão, e lhe disse: "Esta seta é minha mensageira; depois eu próprio irei contra ti". Ferido, o leão deitou a fugir. Entretanto, uma raposa disse-lhe para não ter medo e não fugir, mas o leão respondeu: "Tu não me enganas, pois, se a mensageira é assim tão cruel, como o enfrentarei quando vier ele mesmo?".

Moral: É prudente examinar as possíveis conseqüências no começo, para evitar dissabores maiores.

339. O bode e a vinha

Um bode entrou na vinha e comia as vergônteas ainda tenras. E a vinha lhe disse: "Por que me prejudicas? Não há mais erva verde que possas comer? De minha parte, mesmo assim fornecerei vinho em quantidade quando fores sacrificado".

Moral: Essa fábula se aplica aos ingratos que espoliam seus amigos.

340. As hienas

As hienas, dizem, mudam de natureza a cada ano, sendo ora machos e ora fêmeas. Certa vez, uma hiena macho tomou, em relação à hiena fêmea uma postura que contrariava a natureza. E esta lhe disse: "Ó amigo, fazes isso agora, mas saiba que logo sofrerás o mesmo".

Moral: Isso poderia aplicar-se a um chefe atual que pratique alguma indignidade com seu subordinado que virá suceder-lhe.

341. A hiena e a raposa

Dizem que as hienas mudam de natureza todos os anos, sendo alternadamente machos e fêmeas. Encantada ao ver uma raposa, a hiena censurou-a por não aceitá-la como amiga. E a raposa respondeu: "Não censures a mim, e sim à tua natureza que me impede de saber se terei uma amiga ou um amigo".

Moral: Para o homem ambíguo.

342. A porca e a cadela (sobre a fecundidade)

Uma porca e uma cadela disputavam o prêmio de fecundidade. A cadela dizia que ela era, entre os quadrúpedes, a que tinha gestação mais rápida. E a porca retrucou: "Isso tu podes afirmar, mas reconheça que geras cegos".

Moral: A fábula mostra que os atos não são julgados pela sua rapidez, mas pelo seu resultado.

343. O cavaleiro calvo

Um homem calvo saiu montado em seu cavalo, com a peruca a cobrir-lhe a cabeça. De repente, levantou-se um forte vento e a arrancou. Uma gargalhada espalhou-se entre os presentes. E o calvo, apeando, disse: "O que há de estranho que cabelos postiços me abandonem, se aqueles que eu tinha desde criança, também desertaram de minha cabeça?".

Moral: Ninguém deve se afligir nem se abater por bagatelas. Nus viemos e nus seremos levados.

344. O avarento

GUSTAVO DORÉ

Após ter convertido toda a sua fortuna em ouro, fez dela um lingote e o enterrou próximo à muralha, junto com seu coração. Todos os dias ele ia contemplar seu tesouro. Mas um trabalhador dos arredores que observara suas idas e vindas e percebera o que acontecia, esperou sua partida e roubou o lingote. Quando o avarento voltou e deparou com o buraco vazio, desabou em lágrimas e começou a arrancar os cabelos. Um transeunte, ao ver tamanha aflição, perguntou-lhe a causa e, em seguida, lhe disse: "Não te desesperes dessa forma, meu amigo; pegue uma pedra, coloque-a no lugar do lingote e imagina que é o teu ouro. Pois mesmo quando ainda o tinhas, tu na verdade não o possuías, pois dele não fazias uso".

Moral: A fábula mostra que a posse não é nada se não se aproveita dela.

345. O ferreiro e o cãozinho

Um ferreiro tinha um cãozinho que, enquanto ele forjava o ferro, só dormia. Mas quando ele comia, o cão ficava-lhe por perto. O ferreiro, então, atirou-lhe um osso e disse: "Ó infeliz dorminhoco, quando eu labuto na bigorna tu dormes, mas quando movimento meus dentes, imediatamente, tu acordas".

Moral: A fábula se aplica aos dorminhocos e preguiçosos que vivem do trabalho alheio.

346. O Inverno e a Primavera

O Inverno ralhava com a Primavera e a cobria de censuras. Desde que ela aparecia ninguém mais tinha sossego: um ia aos prados e bosques, onde se aprazia colhendo flores, lírios ou rosas, rodando-as diante dos olhos antes de adornar sua cabeleira; outro embarcava e atravessava o mar, se quisesse visitar outros lugares. E ninguém mais se preocupava com ventos nem com o aguaceiro. "Quanto a mim", disse, "pareço um senhor, de poder absoluto, pois eu quero que olhem não para o céu, mas aqui para baixo, para a terra, e que temam e tremam e que fiquem o dia inteiro em casa sem reclamar". "É bem por isso", respondeu a Primavera, "que os homens se regozijam quando se livram de ti. Quanto a mim, até o meu nome lhes parece belo e, por Zeus, o mais belo de todos os nomes! Assim, quando eu desapareço, lembram-se de mim e ficam plenos de alegria ao meu retorno".

347. A andorinha e a serpente

Uma andorinha deixou por momentos o ninho que construíra em um tribunal. Durante sua ausência, uma serpente invadiu o ninho e devorou seus filhotes. Quando ela voltou e encontrou o ninho vazio, gemeu tomada de dor. Outra andorinha veio para consolá-la, dizendo que ela não era a única a sofrer a perda dos filhotes. "Sem dúvida", ela retrucou, "mas neste caso, choro não tanto pela perda de meus filhotes, mas pelo fato de ter visto a justiça ridiculizada justamente onde os injustiçados buscam seu socorro".

Moral: A fábula mostra que as desgraças ferem mais rudemente quando vêm daqueles de quem menos se espera.

348. A andorinha e a gralha

A andorinha e a gralha disputavam entre si a primazia de beleza. Retrucando à conversa da andorinha, a gralha falou: "Tua beleza só floresce na primavera, enquanto meu corpo resiste até mesmo às geadas do inverno".

Moral: A fábula mostra que a longevidade é melhor do que a beleza.

349. A andorinha e os passarinhos

Como o visgo acabasse de brotar, uma andorinha, que percebera o perigo que ameaçava o povo alado, reuniu os pássaros e os aconselhou, em primeiro lugar, a arrancar o visgo dos carvalhos onde brotara e, se não o conseguissem, ao menos ir para junto dos homens e suplicar-lhes para não usarem a cola do visgo para capturá-los. Mas os pássaros se riram dela, e sua fala foi inútil. A andorinha, pois, apresentou-se aos homens como suplicante, e estes deram-lhe boa acolhida em razão de sua inteligência e até lhe permitiram que ficasse em suas casas. Eis porque os demais pássaros são apanhados e comidos pelos homens, enquanto só a andorinha, sua protegida, faz o ninho, sem medo, na casa deles.

Moral: A fábula mostra que com previdência, se evitam certamente os perigos.

350. A andorinha presunçosa e a gralha

Dizia uma andorinha à gralha: "Eu sou virgem, ateniense, princesa e filha do rei de Atenas", e relatava como Tereu[52] a havia maltratado e cortado sua língua. E a gralha exclamou: "E como seria se tivesses língua, se sem ela já contas tantas vantagens?".

Moral: De tanto mentir, os pretensiosos acabam por tornarem-se inconvenientes.

351. A tartaruga e a águia

Uma tartaruga, vendo a águia voar, desejou também voar. Pediu então à águia que a ensinasse, propondo até um preço pelas lições. A águia cansou de mostrar que lhe pedia o impossível, pois era contrário à sua natureza, mas a tartaruga ainda mais lhe implorou. Então, a águia tomou-a em suas garras, levantou-a bem alto no ar, e depois a largou. A tartaruga caiu sobre rochedos e despedaçou-se.

Moral: A fábula mostra que deixar-se dominar pelo espírito de emulação, sem ouvir o bom senso, causa dano a si mesmo.

352. A tartaruga e a lebre

Uma tartaruga e uma lebre discutiam sobre quem seria a mais rápida. Marcaram um dia e um lugar para o desafio e se separaram.

---

[52] Conta o mito que Tereu era casado com Procnê, filha do rei de Atenas, e que raptara sua cunhada Filomena. Para vingar-se, Procnê, com a ajuda da própria Filomena, serviu a seu marido os membros de seu próprio filho. Como castigo, os três personagens, Tereu, Procnê e Filomena foram transformados pelos deuses em três pássaros, respectivamente poupa, andorinha e rouxinol.

ARTHUR RACKAM

Ora, a lebre, contando com sua rapidez natural, não se apressou em correr, mas deitou-se no caminho e dormiu. Mas a tartaruga, consciente de sua lentidão, não parou de correr e ultrapassou a lebre que dormia, obtendo assim a vitória.

Moral: A fábula mostra que, muitas vezes, o trabalho vence os dons naturais, quando estes são negligenciados.

353. Os gansos e os grous

Gansos e grous pastavam em uma mesma campina. Quando surgiram caçadores, os grous, leves, fugiram, e os gansos, cujo peso os prendia ao lugar, foram apanhados.

Moral: Assim também, entre os homens, quando estoura uma guerra, os pobres mudam-se facilmente de um lugar para outro, pois pouco têm para carregar e conservam sua liberdade, mas os ricos, pelo excessivo peso de suas riquezas que os segura, são aprisionados.

354. Os potes

Um pote de barro e um de cobre eram levados pelas águas do rio. E o de barro dizia ao de cobre: “Nada longe de mim e não perto, pois se me tocares eu quebrarei e o mesmo acontecerá, mesmo contra minha vontade, se eu te tocar”.

Moral: É muito perigosa para os humildes a vizinhança de alguém ávido de poder.

355. O papagaio e a gata

Um homem trouxera do mercado um papagaio, e o deixava voar pela casa, à vontade. E o papagaio, que era domesticado, pulava sobre a lareira, pousava ali e soltava seu divertido tagarelar. Vendo isso, uma gata perguntou quem ele era e de onde vinha. O papagaio disse: “O meu dono acaba de me comprar”. “Então, animal atrevido”, disse a gata, “que és o último chegado, soltas tais gritos, quando a mim, nascida na casa, os donos me proíbem miar e, se me arriscar a fazer isso, irritam-se e me atiram para fora?” “Ora, senhorita”, disse o outro, “vá passear! A minha voz não incomoda nossos donos como a tua!”.

Moral: A fábula aplica-se ao crítico mesquinho que sempre está pronto a implicar com os outros.

356. A pulga e o atleta

Um dia, uma pulga pulou e aterrissou sobre o artelho de um atleta doente e, entre dois saltos, deu-lhe uma mordida. O atleta, furioso, preparou as unhas para esmagar a pulga. Mas ela, tomou impulso e, com um novo salto, fugiu e escapou de morrer. "Ó Héracles", disse o atleta entre suspiros, "se esta é a ajuda que me dás contra uma pulga, como me ajudarás a lutar contra meus adversários?".

Moral: A fábula nos ensina que não devemos invocar os deuses para coisas insignificantes ou inofensivas, mas para maiores necessidades.

357. A pulga e o homem

Certa vez, uma pulga incomodava um homem sem trégua. Então, ele a apanhou e perguntou-lhe: "Quem és tu que te empanturras com todos os meus membros, picando-me a torto e a direito?". Ela respondeu: "É assim que nós vivemos. Poupa-me, pois não posso lhe fazer grande mal". O homem desatou a rir e disse: "Vais morrer já, e pela minha própria mão, pois, seja o mal pequeno ou grande, o fato é que ele deve ser extirpado de qualquer forma".

Moral: A fábula mostra que não convém ter complacência com o mal, seja ele grande ou pequeno.

358. A pulga e o boi

Um dia, a pulga perguntou ao boi: "Por que, mesmo sofrendo, serves dia após dia aos homens, se és tão forte e bravo? Quanto a mim, furo sem piedade sua carne e me sacio de seu sangue à vontade". E ele: "Não quero ser ingrato à raça humana, pois ela me tem uma afeição e um amor extraordinários, e muitas vezes me acariciam na cabeça e no lombo". E ela exclamou: "Ai de mim, pois, essas carícias de que tanto gostas, serão para mim um fim lastimável, quando por azar me fizer cair em suas mãos".

Moral: Os que se gabam com bravatas são desmascarados até mesmo por um homem simples.

359. O sapo e o boi

CHARLES HENRY BENNETT

Existiu, há muitos anos, um boi de grande beleza e altivez. Certo dia, enquanto o magnífico animal dava o seu costumeiro passeio à tarde, passou por ali um sapo esfanapado maltrapilho. Ao ver o boi, ficou extasiado e cheio de inveja, e disse aos amigos: "Repare na pose do grandão! Bem, não posso dizer que ele não seja elegante... Mas e daí, se eu quisesse, também eu seria elegante!".

Dizendo isso o sapo estufou a barriga e em pouco tempo já estava com o dobro do seu tamanho normal.

— Já estou grande que nem ele? — perguntou.

— Não, ainda falta muito! — responderam os amigos. O sapo se estufou mais um pouco e perguntou novamente.

— Não — falaram os outros sapos — e é melhor você parar

com isso porque senão vai acabar se machucando. Mas tamanha era a vontade do sapo de imitar o boi que ele continuou se estufando, estufando, estufando — até estourar.

Moral: Seja sempre você mesmo.

360. A reunião geral dos ratos

Certa vez os ratos, que viviam com medo de um gato, fizeram uma reunião para encontrar um jeito de acabar com aquele eterno transtorno. Os planos foram discutidos e abandonados. Por fim, um rato jovem levantou-se e deu a idéia de pendurar uma sineta no pescoço do gato, assim, sempre que o gato chegasse perto eles ouviriam a sineta poderiam fugir correndo. Todos bateram palmas: o problema estava resolvido. Vendo aquilo, um rato velho que tinha ficado o tempo todo calado levantou-se de seu canto. O rato falou que o plano era muito inteligente, por certo as preocupações deles tinham chegado ao fim. Só faltava uma coisa: quem ia pendurar a sineta no pescoço do gato?

Moral: Inventar é uma coisa, fazer é outra.

361. A queixa do pavão

Chateado porque tinha uma voz muito feia, um pavão queixou-se com a deusa Juno.

— É verdade que você não sabe cantar — disse a deusa. — Mas você é tão lindo, para que se preocupar com isso? Mas o pavão não queria saber de consolo.

— De que adianta beleza com uma voz destas? Ouvindo aquilo, Juno se irritou.

— Cada um nasce com uma coisa boa. Você tem beleza, a águia tem força, o rouxinol canta. Somente você não está satisfeito. Pare de se queixar. Se recebesse o que está querendo, com certeza ia achar outro motivo para reclamar.

Moral: Ao invés de invejar os talentos dos outros, aproveite o seu ao máximo.

362. O galo e a raposa

MILO WINTER

Em meio aos galhos de uma árvore bem alta, um galo estava empoleirado e cantava em altos brados. Sua voz esganiçada ecoava na floresta. Ouvindo aquele som tão conhecido, uma raposa que estava caçando se aproximou da árvore. Quando avistou o galo lá no alto, a raposa começou a imaginar algo para fazer o outro descer. Com a voz mais boazinha do mundo, cumprimentou o galo dizendo:

— Ó meu querido primo, você ficou sabendo da proclamação de paz e harmonia universal entre todos os tipos de bichos da terra, da água e do ar? Acabou essa história de ficar tentando agarrar os outros para comê-los. Agora vai ser tudo na base do amor e da amizade. Desça para conversarmos calmamente sobre as grandes novidades!

O galo, que sabia que não dava para acreditar em nada do que a raposa dizia, fingiu que estava vendo uma coisa lá longe. Curiosa, a raposa quis saber o que ele olhava com ar tão preocupado.

— Bem — disse o galo —, percebo uma matilha de cães ali adiante.

— Nesse caso é melhor eu ir embora — disse a raposa.

— O que é isso, prima? — disse o galo. — Por favor, não vá

ainda! Já estou descendo! Não vá me dizer que está com medo dos cachorros nesses tempos de paz?!

— Não, não é medo — disse a raposa —, mas... e se eles ainda não estiverem sabendo da proclamação?

Moral: Cuidado com as amizades muito repentinas.

363. O urso e as abelhas

Um urso topou com uma árvore caída que servia de depósito de mel para um enxame de abelhas. Farejava o tronco quando uma das abelhas do enxame voltou do campo de trevos. Adivinhando o que ele queria, deu uma picada daquelas no urso e depois desapareceu no buraco do tronco. O urso ficou furioso e pôs-se a arranhar o tronco com as garras na esperança de destruir o ninho. O que conseguiu foi fazer o enxame inteiro sair atrás dele. O urso fugiu rapidamente e só se salvou porque mergulhou de cabeça em um lago.

Moral: Mais vale suportar um só ferimento em silêncio que perder o controle e acabar todo machucado.

364. A raposa e a cegonha

ARTHUR RACKAM

Certa vez uma raposa convidou a cegonha para jantar. Querendo pregar uma peça na outra, serviu sopa em um prato raso. Logicamente a raposa tomou toda a sua sopa sem o menor problema, mas a pobre cegonha com seu bico comprido mal pode tomar uma gota. O resultado foi que a cegonha voltou para casa morrendo de fome. A raposa fingiu preocupação, perguntou se a sopa não estava do seu gosto, mas a cegonha não disse nada. Quando foi embora, agradeceu muito a gentileza da raposa e disse que gostaria de retribuir o jantar no dia seguinte.

Assim que chegou, a raposa se sentou lambendo os beiços de fome, curiosa para ver as delícias que a outra ia servir. O jantar veio para a mesa em uma jarra alta, de gargalo estreito, onde a cegonha podia beber sem o menor problema. A raposa, amoladíssima, só teve uma saída: lamber as gotinhas de sopa que escorriam pelo lado de fora da jarra. Ela aprendeu bem a lição. Enquanto ia andando para casa, faminta, pensava: "Não posso reclamar da cegonha. Ela me tratou mal, mas fui grosseira com ela antes".

ARTHUR RACKAM

Moral: Trate os outros tal como deseja ser tratado.

365. Os dois amiguinhos

JOSEPH J. MORA

Certa vez uma garça adotou um filhote de tigre órfão e criou o bebê junto com seu próprio filho. Os dois viraram grandes amigos e todo dia faziam a maior bagunça, sem nunca brigar. Na realidade, eram as crianças mais boazinhas do mundo. Certo dia apareceu outra garça que era uma encrenqueira; essa garça tratou muito mal o bebê garça. O bebê garça pediu socorro, e o tigre veio correndo: em um instante engoliu a encrenqueira. Ficou somente um ossinho e um punhado de penas para contar a história. O tigre, que tinha sido criado em um regime vegetariano, achou aquela comida diferente uma maravilha. Lambendo os bigodes, piscou o olho e disse: "Eu te adoro, minha pequena garça!", e zás, lá se foi sua companheira de brincadeiras servir de sobremesa para o piquenique improvisado.

Moral: Nada elimina o que a natureza determina.

366. O gato, o galo e o ratinho

Um ratinho vivia em um buraco com sua mãe. Depois de sair sozinho pela primeira vez, falou para ela:

— Mãe, você não imagina os bichos estranhos que encontrei! Um era belo e delicado, tinha um pêlo muito macio e um rabo elegante, um rabo que se movia formando ondas. O outro era um monstro horrível. No alto da cabeça e debaixo do queixo ele tinha pedaços de carne crua, que balançavam quando ele andava. Subitamente os lados do corpo dele se sacudiram e ele deu um grito apavorante. Fiquei com tanto medo que fugi correndo, na hora que ia conversar um pouco com o mais simpático.

— Ah, meu filho! — respondeu a mãe. — Esse seu monstro era uma ave inofensiva; o outro era um gato feroz, que em um segundo teria te devorado.

Moral: Jamais confie nas aparências.

367. O lobo e o burro

O burro estava comendo quando viu um lobo escondido espiando tudo o que ele fazia. Percebendo que estava em perigo, o burro imaginou um plano para salvar a pele. Fingiu que era aleijado e saiu mancando com a maior dificuldade. Quando o lobo apareceu, o burro todo choroso contou que tinha pisado em um espinho pontudo.

— Ai, ai, ai! Por favor, tire o espinho de minha pata! — implorou. — Caso você não tirar, ele vai espetar sua garganta quando você me engolir.

O lobo não queria se engasgar na hora de comer seu almoço, então quando o burro levantou a pata ele começou a procurar o espinho com todo o cuidado. Nesse momento o burro deu o maior coice de sua vida e acabou com a alegria do lobo. Enquanto o lobo se levantava todo dolorido, o burro galopava satisfeito para longe dali.

Moral: Cuidado com os favores inesperados.

368. O parto da montanha

Richard Heighway

Há muito tempo, uma montanha começou a fazer um barulhão. As pessoas pensaram que era porque ela ia ter um filho. Veio gente de longe e de perto, e se formou uma grande multidão querendo ver o que ia nascer da montanha. Bobos e sabidos, todos palpitavam. Os dias foram passando, as semanas foram passando e, no fim, os meses foram passando e o barulho da montanha aumentava cada vez mais. Os palpites das pessoas foram ficando cada vez mais malucos. Uns acreditavam que o mundo ia acabar. Um belo dia o barulho ficou fortíssimo, a montanha tremeu toda e depois rachou em um rugido de arrepiar os cabelos. As pessoas nem respiravam de medo. De repente, do meio do pó e do barulho, apareceu... um rato.

Moral: Nem sempre as promessas magníficas dão resultados impressionantes.

369. O cão na manjedoura

Um cachorro dormia em uma manjedoura cheia de feno. Quando os bois chegaram, cansados e com fome depois de um dia inteiro de trabalho no campo, o cachorro acordou. Acordou, mas não queria permitir que os bois se aproximassem da manjedoura e começou a rosnar e tentar morder seus focinhos, como se a manjedoura estivesse cheia de carne e ossos e essas delícias fossem só dele. Os bois olharam para o cachorro muito aborrecidos.

— Que egoísta! — disse um deles. — Ele nem gosta de comer feno! E nós, que comemos, e que estamos com tanta fome, ele não nos deixa chegar perto!

Nesse momento apareceu o fazendeiro. Quando percebeu que o cachorro estava fazendo, pegou um pau e enxotou o cachorro do estábulo a pauladas por ser tão malcriado.

Moral: Não prive os outros do que não pode desfrutar.

370. O homem, seu filho e o burro

ARTHUR RACKAM

Um homem ia com o filho levar um burro para vender no mercado.

— O que você tem na cabeça para conduzir um burro estrada afora sem nada no lombo enquanto você se cansa? — disse um homem que passou por eles.

Ouvindo aquilo, o homem montou o filho no burro, e os três prosseguiram seu caminho.

— Ô rapazinho preguiçoso, que vergonha deixar seu pobre pai, um velho, andar a pé enquanto você vai montado! — disse outro homem com quem cruzaram.

O homem tirou o filho de cima do burro e montou ele mesmo. Passaram duas mulheres e uma disse para a outra:

— Mas que sujeito egoísta! Vai no burro e o filhinho a pé, coitado...

ARTHUR RACKAM

Ouvindo aquilo, o homem fez o menino montar no burro na frente dele. O primeiro viajante que apareceu na estrada perguntou ao homem:

— Esse burro é seu?

O homem respondeu que sim. O outro continuou:

— Pois não parece, pela maneira como o senhor trata o bicho. Ora, o senhor é que devia carregar o burro em lugar de fazer com que ele carregasse duas pessoas.

ARTHUR RACKAM

Na mesma hora o homem amarrou as pernas do burro em um pau, e lá se foram pai e filho aos tropeções carregando o animal para o mercado. Quando chegaram, todo mundo riu tanto que o homem, enfurecido, jogou o burro no rio, pegou o filho pelo braço e voltou para casa.

CHARLES JAMES FOLKARD

Moral: Quem quer agradar todo mundo no fim não agrada ninguém.

371. O galo e a jóia

CELIA M. FIENNES

Certa vez, um um galo jovem e enérgico ciscava a poeira do chão quando encontrou uma jóia. Certo de que tinha encontrado uma coisa preciosa mas sem saber muito bem o que fazer daquilo, o galo ficou com ar importante e disse à jóia:

— Olhe, sei que você é uma coisa muito fina. Mas não é do meu gosto. Para falar a verdade, eu preferia de longe um grão de uma deliciosa cevada.

Moral: Às vezes o que é precioso para um, não tem valor nenhum para outro.

372. A rosa e a borboleta

Certa vez, uma borboleta se apaixonou por uma linda rosa. A rosa ficou muito comovida, pois o pó das asas da borboleta formava um maravilhoso desenho em ouro e prata. Desse modo, quando a borboleta se aproximou voando da rosa e disse que a amava, a rosa ficou coradinha e aceitou o namoro. Após um longo noivado e muitas promessas de fidelidade, a borboleta deixou sua amada rosa. Mas, ó desgraça! A borboleta voltou somente muito tempo depois.

— É isso que você chama fidelidade? — choramingou a rosa. — Faz séculos que você partiu, e além disso você passa o tempo de namoro com todos os tipos de flores. Vi quando você beijou dona Gerânio, vi quando você deu voltinhas na dona Margarida até que

MILO WINTER

dona Abelha chegou e expulsou você... Pena que ela não lhe deu uma boa ferroada!

— Fidelidade?! — riu a borboleta. — Assim que me afastei, vi o senhor Vento beijando você. Depois você deu o maior escândalo com o senhor Zangão e ficou dando trela para todo besourinho que passava por aqui. E ainda vem me falar em fidelidade!

Moral: Não espere fidelidade se não for fiel também.

Vida de Esopo, o frígio

LA FONTAINE

Nada podemos afirmar sobre o nascimento de Homero e de Esopo. Mal se sabe até o que lhes sucedeu de mais notável. É de admirar, visto que a história não rejeita coisas menos agradáveis e necessárias que essa. Houve tantos destruidores de nações, tantos príncipes sem mérito que encontraram quem nos transmitisse as mais insignificantes minúcias da sua vida, e, no entanto, ignoramos as mais importantes da vida de Esopo e de Homero, essas duas personagens que mais mereceram destaque dos séculos seguintes! Homero não é apenas pai dos deuses, é também dos bons poetas. Quanto a Esopo, parece-me que devia figurar entre os sábios de que tanto se orgulhava a Grécia, pois ensinou a verdadeira sabedoria, e ensinou-a com muito mais arte que os que dão definições e regras. Sem dúvida, sabemos que viveram os dois grandes homens, mas a maioria dos doutos considera lendária a vida de ambos, especialmente a escrita por Planude. Não quero imiscuir-me em tal crítica.

Como Planude viveu em uma época em que não devia estar apagada ainda a lembrança dos fatos sucedidos a Esopo, imaginei que soubesse por tradição o que nos deixou. Em tal suposição, segui-o, sem tirar nada do que afirmou sobre Esopo, a não ser o que me pareceu demasiadamente pueril ou afastado da conveniência.

Esopo era frígio, de um lugarejo denominado Amorium. Nasceu por volta da qüinquagésima sétima olimpíada, uns duzentos anos depois da fundação de Roma. Não se saberia dizer se tinha motivo para agradecer à natureza ou para queixar-se, porque, ela, dotando-o de formoso espírito, o fez nascer deformado e feio de rosto, simples arremedo de homem, e negou-lhe quase inteiramente o uso da palavra. Com tais defeitos, se não tivesse sido escravo, não teria deixado de tornar-se. Contudo, possuiu sempre alma livre e independente da sorte.

O primeiro patrão mandou-o trabalhar no campo, por considerá-lo incapaz de outra coisa, ou para afastar dos olhos indivíduo tão desagradável. Um dia, indo o patrão visitar a sua casa de campo, recebeu de um camponês alguns figos deliciosos que ordenou fossem cuidadosamente guardados, pedindo ao mesmo tempo ao despenseiro, Agatopo, que lhos servisse, findo o banho. Quis o acaso que Esopo tivesse que fazer alguma coisa na casa. Mal entrou, Agatopo, valendo-se da ocasião, e imitado por alguns companheiros, comeu os figos, atribuindo o furto a Esopo, certo de que este jamais conseguiria justificar-se, gago como era e idiota como parecia. Os castigos infligidos pelos antigos aos escravos eram crudelíssimos, e aquele crime merecia exemplar punição. O pobre Esopo atirou-se aos pés do amo e, fazendo-se compreender da melhor maneira possível, explicou que só queria uma graça: o adiamento do castigo por alguns instantes. Tendo-lhe sido concedido à graça, Esopo correu a buscar água morna, bebeu-a na presença do amo, enfiou os dedos na boca, e, o que vomitou foi apenas água. Apresentada, assim, a justificação, deu a entender, por sinais, que os outros fizessem o mesmo. Todos se encheram de surpresa, sendo impossível imaginar que tal idéia partisse de Esopo. Agatopo e os companheiros não pareceram estranhar a ordem. Beberam, como havia feito o frígio, e enfiaram os dedos na boca, cuidando bem, todavia, de os não enfiar muito. A água, porém, não deixou de agir, fazendo aparecer os figos, bem vermelhos ainda. Esopo salvou-se, e os acusadores foram duplamente punidos, pela gulodice e pela maldade.

No dia seguinte, após a partida do amo, e estando o frígio ocupado no habitual mister, viajantes desgarrados (dizem alguns que eram sacerdotes de Diana) pediram-lhe, em nome de Júpiter hospitaleiro, que lhes ensinasse o caminho para a cidade. Esopo fê-los primeiramente descansar na sombra; em seguida, oferecendo-lhes uma leve merenda, guiou-os pessoalmente e só os deixou depois de lhes mostrar o caminho certo. Os bons homens, erguendo os braços para o céu, suplicaram a Júpiter que não deixasse sem recompensa tão caridosa ação. Mal Esopo se despediu, calor e fadiga o forçaram a dormir. Durante o sono, viu diante dele a Sorte, que lhe soltava a língua, concedendo-lhe assim a arte da qual se pode dizer que é o autor. Contentíssimo, acordou imediatamente, e estranhou: "Que é isto? A minha língua já não está emperrada, e eu posso dizer muito bem ancinho, arado, tudo quanto quero!". Aquela maravilha o levou a trocar de amo. Zenas, feitor de escravos, espancara ultrajosamente um deles por uma falta inexistente; Esopo, não podendo dominar-se, chamou-lhe a atenção, e ameaçou-o de revelar ao amo aqueles maus tratos. Zenas, para preveni-lo e vingar-se, foi imediatamente procurar o amo a quem contou que, na casa, sucedera algo de prodigioso: o frígio recuperara a palavra, mas malvado que era, dela só se servia para maldizer o amo. O amo não somente acreditou como fez mais ainda: entregou-lhe Esopo, dando-lhe a liberdade de fazer dele o que bem pretendesse. Quando Zenas voltou ao campo, um mercador lhe perguntou se não dispunha de um animal de carga para vender-lhe. "Não", respondeu Zenas, "mas se quiseres, vendo-te um dos nossos escravos". Assim falando, mandou vir Esopo. E o mercador, indignado: "É para zombares de mim que me propões a compra deste mostrengo? Pois se parece um simples odre!". E despediu-se, a resmungar e rir, ao mesmo tempo. Esopo chamou-o, e suplicou-lhe: "Não tenhas medo de comprar-me, que eu não te serei inútil. Se tiveres filhos que choram ou são traquinas, bastará o meu aspecto para os fazer calar". O mercador achou graça naquilo, e comprou o nosso frígio por três óbolos, exclamando: "Sejam louvados os deuses! Não fiz uma grande compra, lá isso é verdade, mas também não gastei muito".

Entre outras coisas, negociava aquele mercador com escravos. Rumando para Éfeso, a fim de os expor à venda, repartiu por eles o que cada um levaria, para o conforto da viagem, e segundo a utilidade e as forças de cada um. Esopo rogou levassem em consideração o seu tamanho, que era novo e que devia ser tratado com brandura. “Tu não carregarás nada, se assim quiseres”, retrucaram-lhe os companheiros. Esopo ferido no amor-próprio, exigiu a sua parte como os outros. Deixaram-no pois, escolher. Esopo pegou o cesto de pães, o mais pesado dos fardos. Todos julgaram que assim tivesse procedido por ser idiota; mas logo na primeira refeição, sofreu o cesto enorme redução, e o frígio sentiu-se mais aliviado; o mesmo se verificou de noite e ainda no dia seguinte, de maneira que, ao cabo de dois dias, já não tinha o que carregar. O seu bom senso provocou grande admiração.

Quanto ao mercador, vendeu todos os escravos, com exceção de um gramático, de um cantor e de Esopo, que ele pretendia vender em Samos.

Antes de os levar ao mercado, ordenou aos dois primeiros se vestissem o mais convenientemente possível. Esopo, pelo contrário, coberto por um simples saco, foi posto entre os dois companheiros, para lhes proporcionar maior realce. Vieram compradores, entre os quais um filósofo, Xanto. Xanto perguntou ao gramático e ao cantor o que sabiam fazer. “Tudo”, responderam eles. O frígio desatou uma gargalhada, e é fácil imaginar com que jeito. Diz Planude que pouco faltou para que todos fugissem, diante dos seus horrendos esgares. O mercador determinou o preço do cantor em mil óbolos é o do gramático em três mil; no caso de alguém comprar um dos dois, levaria Esopo de graça. O preço estipulado para o cantor e o gramático desgostou Xanto; mas para não voltar sem uma compra, aconselharam-lhe os discípulos comprasse o pedacinho de homem que, de tão boa vontade, se pusera a gargalhar; far-se-ia dele um espantalho, e todos se divertiriam com as suas expressões. Xanto, persuadido, ofereceu por Esopo sessenta óbolos. Antes, porém, de comprá-lo, perguntou-lhe, como já perguntara aos outros, o que sabia fazer. Respondeu Esopo: “Nada, visto que os meus dois companheiros ficaram com tudo”. Os fiscais da alfândega perdoaram generosamente a Xanto a taxa devida.

Tinha Xanto mulher de gosto assaz apurado, e à qual nem todos agradavam, de modo que apresentar-lhe o novo escravo era coisa bem difícil, a não ser que pretendesse encolerizá-la. Xanto julgou mais conveniente gracejar, e disse em casa que acabava de comprar o escravo mais belo e formoso do mundo. Àquela notícia, as jovens que serviam sua mulher ameaçaram chegar às vias de fato, para decidir quem ficaria com ele; mas que desilusão, ao vê-lo aparecer! Uma cobriu os olhos, a outra fugiu, outra gritou. A dona da casa afirmou que era para expulsá-la que lhe traziam aquele monstro, e que havia muito tempo que o filósofo andava cansado dela. De palavra em palavra, a discussão chegou ao ponto de a mulher exigir os seus bens e pretender retirar-se para a casa dos pais. Xanto, porém, com paciência, e Esopo, com espírito, lograram resolver a situação. Ninguém mais falou em sair, e o costume apagou, em parte, a feiúra do novo escravo.

Deixarei de lado numerosos fatos em que Esopo exibiu vivacidade de espírito, pois, embora por eles se lhe possa deduzir o caráter, pouco valor possuem para a posteridade. Eis uma amostra apenas do seu bom-senso e da ignorância do amo. Um dia foi este a um jardineiro escolher pessoalmente uma verdura. Colhida a verdura, suplicou lhe o jardineiro que o esclarecesse sobre uma dificuldade que dizia respeito tanto à filosofia quanto à jardinagem: as verduras plantadas e cultivadas por ele, com grande cuidado, não davam resultado, ao contrário das que a terra produzia espontaneamente, sem cultura e sem auxílio. Xanto atribuiu a causa do fenomeno à Providência, como costumamos fazer quando não sabemos o que responder. Esopo pôs-se a rir; e, chamando o amo de lado, aconselhou-lhe que dissesse ao jardineiro haver-lhe dado resposta muito geral, por não ser a pergunta digna dele, e que o deixaria, pois, com o escravo que certamente lhe satisfaria a curiosidade. Indo Xanto passear em outro lado do jardim, Esopo comparou a terra à mulher que, tendo filhos do primeiro marido, desposasse outro homem também com filhas de outra mulher; a nova esposa não deixaria de criar aversão por estes, e lhes reduziria o alimento, para que os outros mais aproveitassem. Assim era a terra, que só com muito esforço recebia os produtos do trabalho e da cultura, e que reservava toda a ternura e todos os benefícios exclusivamente para os seus; era madrasta de uns e mãe apaixonada de outros. O jardineiro, contentíssimo com a explicação, ofereceu a Esopo tudo quanto havia no jardim.

Algum tempo depois, houve grande discussão entre o filósofo e sua mulher. O filósofo, dando uma festa, separou algumas iguarias e disse a Esopo: "Leva isto à minha boa amiga". Esopo levou-as a uma cadelinha que era as delícias do amo. Xanto, ao voltar, não deixou de pedir notícias do presente, e se havia agradado. Sua mulher nada compreendeu. E, mandando vir Esopo, Xanto, que andava à procura de um pretexto para surrá-lo, perguntou-lhe se não lhe havia ordenado expressamente: "Leva estas iguarias à minha boa amiga". Esopo explicou que a boa amiga não podia ser a esposa a qual, pela menor palavra, ameaçava divorciar-se, e sim a cadelinha que a tudo suportava, e pagava com carícias as pancadas recebidas. O filósofo ficou sem resposta; mas a mulher de tal maneira se encolerizou que o abandonou. Não houve parente, nem amigo que não intercedesse por Xanto; porém, nada conseguiram, nem razões nem rogos. Esopo recorreu a um estratagema. Comprou muita caça, como se se destinasse a um importante casamento, e envidou todos os esforços para encontrar-se com um dos criados da ama. Este lhe perguntou qual o motivo de tão grandes preparativos. Respondeu-lhe Esopo que o amo, não logrando fazer com que a mulher voltasse para casa, ia desposar outra. Mal soube a notícia, reapareceu ela em casa do marido, por espírito de contradição ou por ciúme, passando a estimar Esopo, que todos os dias pregava novas peças ao amo, e sempre fugia ao castigo por astúcia. O filósofo não conseguia confundi-lo.

Certo dia de feira, Xanto, que pretendia oferecer um banquete aos amigos, ordenou-lhe comprasse o que havia de melhor, e nada mais. "Ensinar-te-ei", pensou o frígio, "a especificar o que desejas, sem confiares na discrição do teu escravo". Comprou, por conseguinte, apenas línguas, que mandou preparar com tudo quanto era espécie de molho. Veio o primeiro prato, o segundo, o terceiro, mas línguas somente. Os convivas, a princípio, elogiaram a escolha; finalmente, porém, cansaram-se. "Não te ordenei", perguntou Xanto, "que comprasses o que havia de melhor?" — "Pois, então, que há de melhor que língua?" — retrucou Esopo. "É o laço da vida civil, a chave da ciência, o órgão da verdade e da razão; com ela, construímos cidades; com ela, as policiamos; com ela, instruímos, persuadimos, reinamos nas assembléias, e cumprimos o primeiro dos deveres, que é o de louvar os deuses." "Está bem", disse Xanto (que pretendia apanhá-lo), "compra-me, amanhã, o que há de pior; receberei os mesmos convidados, e quero oferecer-lhes coisa diferente".

No dia seguinte, serviu Esopo a mesma iguaria, afirmando ser a língua a coisa pior que existe no mundo. É a mãe de todas as disputas, nutriz de processos, fonte de divisões e guerras. Se bem seja o órgão da verdade, é também o do erro e, o que é pior, da calúnia. Com ela se destroem cidades e se praticam maldades. Se bem louve os deuses, profere também blasfêmias contra eles. Um dos convivas declarou a Xanto que aquele escravo lhe era verdadeiramente necessário, por saber muito bem exercitar a paciência do filósofo. "Por que hás de aborrecer-te?" — retrucou Esopo. "Pois bem", disse Xanto, "descobre-me um homem que jamais se aborreça".

Esopo encaminhou-se para o mercado no dia seguinte; e, vendo um camponês que a tudo observava com a frieza e indiferença de uma estátua, levou-o para casa. "Eis", disse a Xanto, "o homem despreocupado que procuras". Xanto ordenou à mulher que aquecesse água, que a pusesse em uma bacia; e que lavasse ela própria os pés do novo hóspede. O camponês deixou-a fazer, muito embora soubesse não merecer tal honra; mas refletiu: "Talvez seja esse o costume, aqui". Em seguida, mandaram que se sentasse à cabeceira da mesa, o que ele fez, sem cerimônia. Durante a refeição, Xanto passou o tempo todo a censurar o cozinheiro; nada lhe agradava; o que era doce lhe parecia salgado; o que era salgado lhe parecia doce. O homem, despreocupado, deixou-o dizer, e comeu com ótimo apetite. À sobremesa, veio um bolo feito pela mulher do filósofo: Xanto achou-o péssimo, apesar de ser ele excelente. "Eis o pior bolo que jamais comi; seria preciso mandar queimar quem o fez, porque nunca será capaz, na vida, de coisa que preste. Tragam-me lenha." "Espera", disse-lhe o camponês, "que eu vou buscar minha mulher; assim faremos, para ambas, uma única fogueira". Aquelas palavras confundiram o filósofo e tiraram-lhe a esperança de um dia conseguir apanhar o frígio.

Não era apenas com o amo que Esopo tinha oportunidade de rir e proferir ditos espirituosos. Um dia, mandou-o Xanto a um lugar; pelo caminho, encontrou o magistrado que lhe perguntou aonde ia. Por estar distraído, ou por outro motivo, respondeu Esopo que não sabia. O magistrado, vendo naquela resposta desprezo e irreverência, ordenou que o prendessem. Ao ser levado pelos guardas, disse Esopo: "Não percebes que respondi bem? Sabia eu que me levariam para onde vão levar-me?". O magistrado deu-lhe a liberdade, achando Xanto bastante feliz por possuir um escravo senhor de tão grande espírito.

Xanto, por sua vez, compreendia a importância de não conceder a liberdade a Esopo, que tanto o honrava. Certo dia, abusando do álcool com os discípulos, Esopo, que os servia, notou que os vapores já lhe subiam à cabeça. "O abuso do vinho", disse-lhes, "tem três graus: o primeiro é a voluptuosidade, o segundo a embriaguez, o terceiro a fúria". Todos se riram da observação, continuando a esvaziar as taças. Xanto bebeu até perder a razão e vangloriar-se de que seria capaz de sorver o mar. Os demais explodiram em uma gargalhada. Xanto insistiu no que afirmava, e apostou todos os bens que cumpriria a promessa, dando, como garantia, o anel que sempre usava no dedo.

No dia seguinte, quando os vapores de Baco se dissiparam, Xanto admirou-se extremamente de não ver mais o anel. Esopo explicou lhe que estava perdido, assim como todos os seus bens. O filósofo, alarmado, pediu-lhe que o salvasse. O escravo aceitou a incumbência.

Quando chegou o dia da aposta, todo o povo de Samos acorreu à beira-mar para testemunhar a vergonha do filósofo. O discípulo que com ele havia apostado já triunfava. Xanto disse: "Apostei, realmente, que beberia o mar inteiro, mas não os rios que nele desembocam, por isso, desvie antes o meu adversário os cursos de água, que eu farei, depois, o que me gabei de fazer". Todos admiraram a presença de espírito de Xanto para salvar a honra. O discípulo confessou-se vencido e pediu perdão ao mestre. Xanto voltou para casa, sob grandes aplausos.

Como recompensa, pediu Esopo a liberdade. Xanto recusou-lha, dizendo-lhe que ainda não havia soado a hora; se os deuses, porém, assim ordenassem, consentiria: portanto, tomasse Esopo bastante cuidado com o primeiro presságio, ao sair de casa; se fosse feliz e visse duas gralhas, teria a liberdade; mas se visse apenas uma, continuaria escravo. Esopo saiu imediatamente. O amo vivia afastado, perto de um lugar coberto de grandes árvores. Mal o nosso frígio se viu fora, percebeu duas gralhas sentadas na mais alta delas. Correu, sem demora, a avisar o amo, que quis verificar se o escravo dizia a verdade. Enquanto isso, porém, uma das gralhas desapareceu. "Hás de me enganar sempre?" — perguntou ele a Esopo. "Serás azorragado por causa disso."

A ordem foi executada. Durante o suplício do pobre Esopo, Xanto foi convidado para um banquete, ao qual prometeu que não faltaria. "Ah" — gritou o pobre escravo — "como são mentirosos os presságios! Eu que vi duas gralhas sou espancado, e meu amo que viu apenas uma é convidado para uma festa!". Xanto gostou tanto da queixa que ordenou cessassem de bater Esopo. Quanto à liberdade, porém, não conseguia decidir-se a concedê-lha, apesar de lha prometer em várias ocasiões.

Um dia, passeavam ambos por entre velhos monumentos, lendo com grande prazer as inscrições. De repente, descobriu Xanto uma que não conseguiu decifrar, apesar de toda a boa vontade. Compunha-se das primeiras letras de certas palavras. O filósofo confessou ingenuamente que aquilo superava os seus conhecimentos. "Se te der a encontrar um tesouro por meio destas palavras", perguntou-lhe Esopo, "qual será a minha recompensa?". Xanto prometeu-lhe a liberdade e a metade do tesouro. "Significam", prosseguiu Esopo, "que a quatro passos desta coluna encontraremos um". Realmente, acharam-no, após cavar um pouco. O filósofo recusou-se, como sempre, a conceder a liberdade ao escravo. "Os deuses me proíbem assim fazer", disse a Esopo, "porque me não interpretaste antes estas letras! Conservarei, assim, outro tesouro mais precioso que o que achamos". "Gravaram-nas aqui", prosseguiu Esopo, "como primeiras letras das seguintes palavras: Apóbas Bêmata etc., ou seja: 'Se recuares quatro passos e cavares, hás de encontrar um tesouro'". "Visto que és tão inteligente", retrucou Xanto, "muito errado andaria eu em te conceder a liberdade. Portanto, não a esperes". "E eu", respondeu Esopo, "denunciar-te-ei ao rei Dionísio, pois o tesouro lhe pertence; essas mesmas letras iniciam outras palavras que confirmam o que digo". O filósofo, intimidado, pediu ao frígio que pegasse a sua parte e não proferisse palavra sobre o assunto. Esopo respondeu-lhe que lhe não devia obrigações, pois o sentido da inscrição era triplo, e ela significava ainda: quando vos retirardes, dividireis o tesouro que tiverdes encontrado. Mal chegaram a casa, ordenou Xanto que o frígio fosse preso e agrilhoado, de medo que ele narrasse tudo quanto havia acontecido. "Ora", protestou Esopo, "é assim que os filósofos se livram das promessas? Mas por mais que faças, hás de me libertar um dia, embora a contragosto".

A profecia realizou-se. Certa vez, um prodígio assustou terrivelmente os habitantes de Samos. Uma águia, roubando o anel público (provavelmente um sinete que se imprimia nas deliberações do conselho) deixou-o cair no peito de um escravo. Consultou-se imediatamente o filósofo, por ser filósofo e por ser uma das primeiras personagens da república. Xanto pediu tempo, e recorreu ao habitual oráculo, Esopo. Este lhe aconselhou que o apresentasse ao público, porque, encontrando a solução, a honra recairia sobre o amo; em caso contrário, o único culpado seria o escravo. Xanto aprovou a idéia, e mandou-o subir à tribuna. Mal viram Esopo, todos desataram a gargalhar, não podendo supor que algo de sensato saísse da boca de homem tão horrendo. Esopo retrucou-lhes que não era à forma do vaso que se devia dar importância, e sim ao conteúdo. O povo gritou-lhe, então, que dissesse logo, e sem medo, o que pensava do prodígio. Esopo desculpou-se por não ousar obedecer. "A sorte", disse ele, "faz nascer uma disputa entre o amo e o escravo; se este fala mal, é espancado; se fala melhor que o amo, é igualmente espancado". Imediatamente, todos instaram com Xanto para que o libertasse. O filósofo resistiu longamente. Por fim, o preboste da cidade ameaçou intervir com o seu poder de magistrado, de modo que o filósofo se viu obrigado a ceder. Posto em liberdade, disse Esopo estarem os habitantes ameaçados de servidão por aquele prodígio, e que a águia, roubando-lhes o sinete, queria apenas dar a entender que um poderoso rei pretendia submetê-los.

Pouco tempo depois, Creso, rei dos lídios, anunciou aos habitantes de Samos que os forçaria pelas armas a tornar-se seus tributários, se o não fizessem espontaneamente. A maioria julgou conveniente obedecer-lhe. Esopo disse-me-lhes que a sorte apresentava dois caminhos ao homem: o da liberdade, duro e espinhoso no começo, mas agradável depois; e o da escravidão, de início facílimo, mas depois trabalhoso. Aquilo equivalia evidentemente a aconselhar os de Samos a que defendessem a sua liberdade. E o embaixador de Creso retirou-se.

Creso preparou-se para o ataque. O embaixador explicou-lhe que, enquanto Esopo estivesse com aqueles homens, muito difícil seria reduzi-los à obediência, em virtude da confiança que depositavam no seu bom senso. Creso ordenou ao embaixador que exigisse dos habitantes a entrega de Esopo, se pretendessem continuar livres. Os principais da cidade acharam vantajosa tal condição, não acreditando que a tranqüilidade lhes custasse demasiadamente caro, comprando-a às custas de Esopo. O frígio fê-los mudar de idéia, porém, contando-lhes que lobos e cordeiros tinham feito um tratado de paz, pelo qual estes haviam cedido como reféns os cães. Uma vez sem defensores, os lobos mais facilmente os estraçalharam. O apólogo surtiu efeito; os habitantes tomaram uma deliberação inteiramente oposta à primeira. Esopo, contudo, quis ir à presença de Creso, dizendo-lhes que os serviria muito melhor ao pé do rei, do que ficando em Samos.

Quando Creso o viu, admirou-se de que um fracalhão daqueles lhe houvesse sido tão grande obstáculo. "Como? Pois é esta a criatura que faz com que se oponham à minha vontade?", estranhou.

Esopo prostrou-se-lhe aos pés. "Um homem", disse ele, "estava apanhando gafanhotos. Caiu-lhe entre as mãos uma cigarra. Ia ele matá-la como aos gafanhotos, quando a cigarra lhe perguntou: Que te fiz? Não como o teu trigo, não te faço dano nenhum, e só possuo voz, da qual me sirvo muito inocentemente. Ó grande rei, assemelho-me a essa cigarra; de meu só tenho a voz, e dela me não servi para te ofender". Creso, admirado e compadecido, não somente lhe perdoou como também, por consideração a ele, deixou em paz os habitantes de Samos.

Durante aquele tempo, compôs o frígio as fábulas que deixou com o rei da Lídia, sendo por ele enviado de volta para Samos, cujos habitantes lhe prestaram grandes honras. Desejou, então, correr mundo, entretendo-se sobre várias questões com os que eram chamados filósofos. Finalmente, conquistou as boas graças de Licero, rei da Babilônia. Os reis de antigamente enviavam-se mutuamente, sobre toda espécie de assuntos, problemas por resolver, com a condição de pagarem um tributo ou multa, conforme respondessem bem ou mal às questões propostas; Licero, auxiliado por Esopo, levava sempre a melhor, e tornava-se ilustre entre os outros, tanto em resolver quanto em propor.

Um belo dia, o nosso frígio casou-se; e, não podendo ter filhos, adotou um jovem de estirpe nobre, chamado Eno. Este pagou-o com ingratidão, não hesitando em conspurcar o próprio leito do benfeitor. Esopo, sabedor do que havia acontecido, expulsou-o. Eno, para vingar-se, falsificou cartas pelas quais parecia ter tido Esopo entendimentos com os monarcas rivais de Licero. Licero, persuadido pelo sinete e pela assinatura das cartas, ordenou a um dos oficiais, chamado Hermipo, que, sem outras provas, matasse imediatamente o traidor Esopo. Hermipo, que era amigo do frígio, salvou-lhe a vida; e sem que ninguém desconfiasse, o sustentou durante muito tempo em um sepulcro, até que Nectenabo, rei do Egito, ouvindo a notícia da morte de Esopo, pensou em tornar Licero seu tributário. Ousou provocá-lo, e desafiou-o a lhe enviar arquitetos que soubessem construir uma torre no ar, e ao mesmo tempo, um homem capaz de responder a toda espécie de perguntas. Licero leu a missiva e comunicou-a aos mais hábeis conselheiros; mas ninguém soube o que responder, o que fez com que o rei lastimasse a ausência de Esopo. Hermipo, então, intervindo, declarou-lhe que Esopo continuava vivo, e mandou-o chamar. O frígio, bem acolhido, justificou-se, e perdoou a Eno. Quanto à missiva do rei do Egito, limitou-se apenas a rir, e aconselhou-lhe respondessem afirmando que na primavera seguiriam os arquitetos e o homem que tudo sabia. Licero devolveu a Esopo todos os bens, e entregou-lhe Eno, para dele fazer o que mais lhe aprouvesse: Esopo recebeu-o como filho e, como castigo, recomendou-lhe que honrasse os deuses e o príncipe, que fosse terrível para com os inimigos, e bondoso para os outros, que tratasse bem sua mulher, embora lhe não confiasse segredos, que falasse pouco e expulssasse os tagarelas, que não se deixasse abater pela desgraça, que pensasse no dia seguinte, pois é melhor enriquecer os inimigos com a própria morte do que ser importuno aos amigos, durante a vida; sobretudo, que não invejasse nem a ventura nem a virtude alheia, pois com isso a única coisa que se alcança é sofrer. Eno, ferido por tais advertências e pela bondade de Esopo, como se o houvesse sido por uma flecha que lhe varasse o coração, morreu pouco tempo depois.

Mas voltemos ao desafio de Nectenabo. Esopo, escolhendo filhotes de águia, fê-los ensinar (o que é difícil de acreditar), a levar pelos ares um cesto contendo uma criança. Na primavera, foi ao Egito com todo o seu séquito, causando grande admiração e expectativa nos povos pelos quais passava. Nectenabo que, supondo-o morto, enviara o enigma, ficou extremamente surpreendido ao vê-lo. Era o que não esperava, e jamais teria desafiado Licero, se tivesse sabido que Esopo continuava vivo. Perguntou-lhe, no entanto, se trouxera os arquitetos e o homem que sabia tudo. Esopo retrucou-lhe que o homem que sabia tudo era ele próprio, e que apresentaria os arquitetos quando chegasse o momento oportuno. Saindo para o campo todos, as águias subiram aos ares carregando os cestos que continham as crianças, as quais pediam que lhes dessem argamassa, pedras e madeira. "Vês", disse Esopo a Nectenabo, "que te trouxe os obreiros; fornece-lhes, pois, o material". Nectenabo confessou que Licero era o vencedor. Em troca, propôs o seguinte a Esopo : "Possuo éguas no Egito que concebem ao ouvir os relinchos dos cavalos que se encontram em Babilônia. Que me respondes a isso?". O frígio adiou a resposta para o dia seguinte; e, voltando para casa, ordenou a uns meninos que pegassem um gato e o levassem às chicotadas pelas ruas. Os egípcios, que adoram esse animal, escandalizaram-se com aquele tratamento e, arrancando o bichano das mãos dos meninos, foram queixar-se ao rei. O frígio, chamado, compareceu. "Não sabes", disse lhe o rei, "que este animal é um dos nossos deuses? Por que mandaste que lhe dispensassem tal tratamento?". "É pela ofensa que cometeu contra Licero", replicou

Esopo; “ontem de noite, estrangulou um galo extremamente corajoso e que cantava a todo instante”. “És um mentiroso”, retrucou o rei; “como pode ser possível que este gato tenha percorrido tão longa distância em tão pouco tempo?”. “E como é possível”, atalhou Esopo, “que as tuas éguas ouçam de tão longe os relinchos dos nossos cavalos, e concebam só com ouvi-los?”.

Em conseqüência, mandou o rei vir de Heliópolis pessoas de grande argúcia e profundas conhecedoras de perguntas enigmáticas. O frígio foi convidado para o banquete, durante o qual, propuseram elas a Esopo várias perguntas, entre outras a seguinte: existe um grande templo apoiado a uma coluna rodeada de doze cidades, cada uma das quais possui trinta arcobotantes; em volta desses arcobotantes, passeiam, uma após outra, duas mulheres, uma branca, outra negra. “Essa pergunta”, retrucou Esopo, “deveria ser enviada aos meninos do nosso país. O templo é o mundo, a coluna o ano, as cidades os meses, e os arcobotantes os dias, em torno dos quais passeiam alternativamente o dia e a noite”.

No dia seguinte, Nectenabo reuniu todos os amigos. “Permitireis”, disse-lhes, “que um pedaço de homem, um verdadeiro aborto, faça com que Licero ganhe o prêmio e com que eu caia no ridículo?”. Um deles se lembrou de perguntar a Esopo que lhes dirigisse perguntas sobre coisas das quais jamais tivessem ouvido falar. Esopo escreveu um bilhete pele qual Nectenabo confessava dever dois mil talentos a Licero. O bilhete, bem dobrado, foi posto entre as mãos de Nectenabo. Antes de abri-lo, os amigos do príncipe sustentaram que o que lá estava escrito era certamente, do seu conhecimento. Aberto, pois, exclamou Nectenabo: “Eis aqui a maior mentira do mundo; tomo-vos todos por testemunhas”. “É verdade”, responderam eles, “nunca ouvimos falar nisso”. “Satisfiz, portanto, o vosso desejo”, retrucou Esopo. Nectenabo despediu-o com valiosos presentes tanto para ele quanto para o seu amo.

A estada de Esopo no Egito talvez seja a causa de haverem alguns afirmado ter sido escravo de Rodope, a mulher que, com a liberalidade dos amantes, mandou erguer uma das três pirâmides, ainda hoje existentes, e que todos contemplam com admiração; é a menor, mas a construída com mais arte.

Esopo, na sua volta a Babilônia, foi recebido por Licero com grandes demonstrações de alegria. Ergueram-lhe até uma estátua. Mas o desejo de ver e aprender o levou a renunciar a todas aquelas honras. Deixando a corte, onde gozava de todas as vantagens que se podem desejar, despediu-se de Licero, para mais uma vez ver a Grécia. Licero abraçou-o, chorando, e pediu-lhe que prometesse, sobre os altares, que iria terminar os dias com ele.

Dentre as numerosas cidades em que se deteve, Delfos foi uma das principais. Os habitantes ouviram-no de boa vontade, mas não lhe prestaram honras. Esopo, ofendido por aquele desprezo, comparou-os a pedaços de madeira flutuando sobre as ondas; de longe, temos a impressão de que se trata de coisa importante, de perto, vemos que nada valem. A comparação custou-lhe caro. Os délficos conceberam tal ódio, e tão violento desejo de vingança (além de temerem ser desacreditados por ele) que resolveram eliminá-lo. A fim de conseguirem o intento, ocultaram um dos vasos sagrados entre os pertences de Esopo, julgando ser assim fácil acusá-lo de furto e sacrilégio e, por conseguinte, condená-lo à morte.

Quando Esopo saiu de Delfos, e tomou o caminho da Fócida, os habitantes acorreram, aflitos, acusando-o de lhes ter roubado o vaso; Esopo jurou que nada havia tirado; mas, passada uma revista nos seus objetos, encontraram-no. De nada valeram os seus protestos. Trataram-no como infame criminoso. Agrilhoado, levaram-no de novo para Delfos, lançaram-no ao cárcere e, em seguida, condenaram-no a ser precipitado. Não surtiram efeito as armas habituais, nem os apólogos. Os délficos limitaram-se a rir.

"A rã", contou-lhes ele, "convidou o rato a visitá-la. Para ajudálo a atravessar a água, quis puxá-lo para o fundo, com o propósito de o afogar, para depois comê-lo. O infeliz resistiu algum tempo. Enquanto se debatia, uma ave de rapina, descobrindo-o, caiu sobre ele, e arrebatando-o aos ares com a rã, que não conseguiu livrar-se, deu cabo de ambos. Assim, á gente abominável — terminou Esopo — alguém mais poderoso há de vingar-me. Morrerei, mas vós morrereis comigo".

Quando o conduziam para o suplício, pôde escapar, e entrou em uma capelinha dedicada a Apolo. Dali o arrancaram. "Violais este asilo — disse-lhes ele — porque não passa de uma simples capelinha; mas um dia a vossa maldade não encontrará abrigo seguro, nem sequer nos templos. Suceder-vos-á o mesmo que à águia a qual, não obstante os rogos do escaravelho, arrebatou uma lebre que com ele procurara abrigo. A geração da águia foi punida até no seio de Júpiter." Os délficos, impassíveis perante todos aqueles exemplos, o precipitaram ao abismo.

Pouco depois de sua morte, uma violentíssima peste assolou

Delfos. Perguntaram os délficos ao oráculo por que meio poderiam apaziguar os deuses. O oráculo respondeu-lhes que só lhes restava expiar a culpa e satisfazer os manes de Esopo. Imediatamente, ergueram uma pirâmide. Não foram apenas os deuses que manifestaram todo o desagrado por aquele crime; os homens também se vingaram da morte do sábio. A Grécia, enviando emissários em busca de informações, aplicou aos délficos rigoroso castigo.

Bibliografia

CHAMBRY, Émile. *Aesopi fabulae;* texto crítico (grego-latim). Paris, Les Belles Lettres, 1925.

Ésope, fables; texto bilíngüe (grego-francês). Paris, Les Belles Lettres, 1967.

FÁBULAS de La Fontaine. São Paulo, Edigraf (1945). 3 t.

MITOLOGIA. São Paulo, Abril Cultural, 1973, v. 3, p. 746-747.

MONTEIRO LOBATO, J. B. *Fábulas e histórias diversas*. São Paulo, Brasiliense, 1956. 319 p. (Obras completas de Monteiro Lobato. Literatura infantil, v. 15.)

SMOLKA, Neide. *Esopo – Fábulas Completas.* São Paulo, Ed. Moderna, 1994.

ÍNDICE

COLEÇÃO A OBRA-PRIMA DE CADA AUTOR

FÁBULAS

Esopo

TEXTO INTEGRAL

MARTIN CLARET

EDITORA MARTIN CLARET
R. Alegrete, 62 - Bairro Sumaré - São Paulo -SP
Cep: 01254-010 - Tel.: (11) 3672-8144 - Fax.: (11) 3673-7146
www.martinclaret.com.br

Nome ____________________

Série _____ Grau _____ Professor ____________________

Escola ____________________

Esclarecimentos:

Este instrumento de trabalho tem por principal objetivo explorar a leitura, trazendo ao leitor a oportunidade de refletir e de confrontar-se com o texto. Ao nos depararmos com uma obra literária, não podemos desconsiderar o universo contextual do autor e o tipo de reprodução que ele realiza. Passado e presente, estilos individuais, de época, conceitos e preconceitos, tudo deve ser confrontado e analisado para entrarmos em contato profundo com uma obra. Por mais que a arte queira sobreviver por si própria, ela se tornará vazia e sem sentido se não trouxer marcas de humanidade.

A Editora Martin Claret tem como lema "pensar é causar", e lhe convida a trilhar os horizontes pedagógicos que aí estão para fazê-lo "ser mais" e "causar" — e isso quer dizer, operar transformações pessoais e sociais.

Sobre o autor e a obra

As fábulas sempre encantaram a humanidade. Sua principal característica é o fundo moral embutido nelas, transmitindo conhecimentos e verdades morais em um tom inquestionável, como verdades universais baseadas no comportamento humano. Os personagens das fábulas são sempre animais que falam, pensam e se comportam como seres humanos. O valor da obra de Esopo é tão grandioso que suas histórias são até hoje contadas e adotadas nas escolas como textos educativos, que sempre trazem um fundo moral. A Editora Martin Claret traz para você, leitor, uma coletânea das fábulas de Esopo. Esta é uma obra que pode e deve ser lida por toda a família. O conhecimento do ser humano se faz cada vez mais necessário em um mundo em que os valores são invertidos e o limite entre a ética e os interesses individuais se torna cada vez mais tênue. Leia mais para ser mais!

Reflexões:

1. Quais as principais características de uma fábula? Que outros escritores de fábulas de nossa história você conhece?

____

____

____

____

____

____

2. Que moral nos é ensinada na fábula "Os bens e os Males" (p. 17)? Em sua opinião, quais são os bens pretendidos pela humanidade? Quais os males que nos afligem?

____

____

____

____

____

____

3. Leia a moral da fábula: "O leão (apaixonado) e o lavrador" (p. 103) e dê sua opinião sobre ela: *A fábula mostra que, os que confiam no próximo, ao serem despojados de suas vantagens, são facilmente vencidos por aqueles que antes os temiam.*

4. Leia a fábula "A realeza do leão" (p. 102), em seguida, argumente a importância de uma sociedade mais justa para que todos consigam viver com dignidade.

"Assumiu a realeza um leão que não era colérico, nem cruel, nem violento, mas doce e justo como os homens. Durante o seu reinado, ele promovia assembléias de todos os animais, em que todos davam e recebiam justiça entre si; o lobo e o cordeiro, a pantera e o cabrito, o veado e o tigre, o cão e a lebre. E esta última, medrosa por natureza, disse: 'Desejei muito ver este dia em que os fracos também parecessem fortes aos violentos'.

Moral: Na cidade em que há justiça e os julgamentos são iguais para todos, também os fracos vivem tranqüilos."

5. Nos personagens de Esopo percebemos atitudes comuns do ser humano, como a ambição, por exemplo. Relacione outras características humanas que são assinaladas nestas fábulas.

6. Mediante orientações do seu professor de história, faça uma pesquisa sobre a Antiguidade Clássica e sua importância para nossa história. Que outros nomes importantes podemos encontrar nela e quais suas contribuições para o conhecimento humano?

____

____

____

____

____

7. Os animais, nas fábulas de Esopo, geralmente representam os fortes e os fracos, os bons e os desonestos, os corajosos e os covardes, etc. Que animais representam a força e quais representam a fragilidade? Como os mais fracos acabam sobrevivendo aos mais fortes, em algumas situações?

____

____

____

____

____

8. Nas morais transmitidas nas fábulas de Esopo, quais são as qualidades necessárias para que o homem consiga sobreviver sem cair em armadilhas, penúrias e injustiças?

____

____

____

____

____

9. A fábula "O leão, o burro e a raposa" (p. 110) mostra que podemos aprender com os erros ou a infelicidade alheia. Olhando para a nossa história, podemos dizer que aprendemos com erros do passado? A infelicidade de nações e as desgraças de guerras, podem garantir que outras tragédias não aconteçam novamente? Tomando como exemplo a Segunda Guerra Mundial, procure saber que medidas foram tomadas pelas nações com a intenção de proteger a vida humana no planeta.

10. O que torna os textos de Esopo atemporais?

11. *Sugestão de redação*: Cada grupo (ou aluno) deve escolher uma das fábulas de Esopo, em seguida, criar um texto curto que se encaixe no contexto da moral escolhida, contudo os personagens e a intriga devem pertencer a nossa realidade e conter elementos contemporâneos. Bom trabalho.

Suporte pedagógico editorial:

CRISTINA SPECHOTO: spechoto@martinclaret.com.br

Relação dos Volumes Publicados

1. Dom Casmurro
Machado de Assis
2. O Príncipe
Maquiavel
3. Mensagem
Fernando Pessoa
4. O Lobo do Mar
Jack London
5. A Arte da Prudência
Baltasar Gracián
6. Iracema
José de Alencar
7. Inocência
Visconde de Taunay
8. A Mulher de 30 Anos
Honoré de Balzac
9. A Moreninha
Joaquim Manuel de Macedo
10. A Escrava Isaura
Bernardo Guimarães
11. As Viagens - "Il Milione"
Marco Polo
12. O Retrato de Dorian Gray
Oscar Wilde
13. A Volta ao Mundo em 80 Dias
Júlio Verne
14. A Carne
Júlio Ribeiro
15. Amor de Perdição
Camilo Castelo Branco
16. Sonetos
Luís de Camões
17. O Guarani
José de Alencar
18. Memórias Póstumas de Brás Cubas
Machado de Assis
19. Lira dos Vinte Anos
Álvares de Azevedo
20. Apologia de Sócrates
Platão
21. A Metamorfose/Carta a Meu Pai/Um Artista da Fome
Franz Kafka
22. Assim Falou Zaratustra
Friedrich Nietzsche
23. Triste Fim de Policarpo Quaresma
Lima Barreto
24. A Ilustre Casa de Ramires
Eça de Queirós
25. Memórias de um Sargento de Milícias
Manuel Antônio de Almeida
26. Robinson Crusoé
Daniel Defoe
27. Espumas Flutuantes
Castro Alves
28. O Ateneu
Raul Pompéia
29. O Noviço
Martins Pena
30. A Relíquia
Eça de Queirós
31. O Jogador
Dostoiévski
32. Histórias Extraordinárias
Edgar Allan Poe
33. Os Lusíadas
Luís de Camões
34. As Aventuras de Tom Sawyer
Mark Twain
35. Bola de Sebo e Outros Contos
Guy de Maupassant
36. A República
Platão
37. Elogio da Loucura
Erasmo de Rotterdam
38. Caninos Brancos
Jack London
39. Hamlet
William Shakespeare
40. A Utopia
Thomas More
41. O Processo
Franz Kafka
42. O Médico e o Monstro
Robert Louis Stevenson
43. Ecce Homo
Friedrich Nietzsche
44. O Manifesto Comunista
Marx e Engels
45. Discurso do Método / Regras para a Direção do Espírito
René Descartes
46. Do Contrato Social
Jean-Jacques Rousseau
47. A Luta pelo Direito
Rudolf von Ihering
48. Dos Delitos e das Penas
Cesare Beccaria
49. A Ética Protestante e o Espírito do Capitalismo
Max Weber
50. O Anticristo
Friedrich Nietzsche
51. Os Sofrimentos do Jovem Werther
Goethe
52. As Flores do Mal
Charles Baudelaire
53. Ética a Nicômaco
Aristóteles
54. A Arte da Guerra
Sun Tzu
55. Imitação de Cristo
Tomás de Kempis
56. Cândido ou o Otimismo
Voltaire
57. Rei Lear
William Shakespeare
58. Frankenstein
Mary Shelley
59. Quincas Borba
Machado de Assis
60. Fedro
Platão
61. Política
Aristóteles
62. A Viuvinha / Encarnação
José de Alencar
63. As Regras do Método Sociológico
Émile Durkheim
64. O Cão dos Baskervilles
Sir Arthur Conan Doyle
65. Contos Escolhidos
Machado de Assis
66. Da Morte / Metafísica do Amor / Do Sofrimento do Mundo
Arthur Schopenhauer
67. As Minas do Rei Salomão
Henry Rider Haggard
68. Manuscritos Econômico-Filosóficos
Karl Marx
69. Um Estudo em Vermelho
Sir Arthur Conan Doyle
70. Meditações
Marco Aurélio
71. A Vida das Abelhas
Maurice Materlinck
72. O Cortiço
Aluísio Azevedo
73. Senhora
José de Alencar
74. Brás, Bexiga e Barra Funda / Laranja da China
Antônio de Alcântara Machado
75. Eugênia Grandet
Honoré de Balzac
76. Contos Gauchescos
João Simões Lopes Neto
77. Esaú e Jacó
Machado de Assis
78. O Desespero Humano
Sören Kierkegaard
79. Dos Deveres
Cícero
80. Ciência e Política
Max Weber
81. Satíricon
Petrônio
82. Eu e Outras Poesias
Augusto dos Anjos
83. Farsa de Inês Pereira / Auto da Barca do Inferno / Auto da Alma
Gil Vicente
84. A Desobediência Civil e Outros Escritos
Henry David Toreau
85. Para Além do Bem e do Mal
Friedrich Nietzsche
86. A Ilha do Tesouro
R. Louis Stevenson
87. Marília de Dirceu / Cartas Chilenas
Tomás A. Gonzaga
88. As Aventuras de Pinóquio
Carlo Collodi
89. Segundo Tratado Sobre o Governo
John Locke
90. Amor de Salvação
Camilo Castelo Branco
91. Broquéis/Faróis
Cruz e Souza
92. I-Juca-Pirama / Os Timbiras / Outros Poemas
Gonçalves Dias
93. Romeu e Julieta
William Shakespeare
94. A Capital Federal
Arthur Azevedo
95. Diário de um Sedutor
Sören Kierkegaard
96. Carta de Pero Vaz Caminha a El-Rei Sobre o Achamento do Brasil
97. Casa de Pensão
Aluísio Azevedo
98. Macbeth
William Shakespeare
99. Édipo Rei/Antígona
Sófocles
100. Lucíola
José de Alencar
101. As Aventuras de Sherlock Holmes
Sir Arthur Conan Doyle
102. Bom-Crioulo
Adolfo Caminha
103. Helena
Machado de Assis
104. Poemas Satíricos
Gregório de Matos
105. Escritos Políticos / A Arte da Guerra
Maquiavel

106. Ubirajara
José de Alencar

107. Diva
José de Alencar

108. Eurico, o Presbítero
Alexandre Herculano

109. Contos
Lima Barreto

110. A Luneta Mágica
Joaquim Manuel de Macedo

111. Fundamentação da Metafísica dos Costumes
Immanuel Kant

112. O Príncipe e o Mendigo
Mark Twain

113. O Domínio de Si Mesmo pela Auto-Sugestão Consciente
Émile Coué

114. O Mulato
Aluísio Azevedo

115. Sonetos
Florbela Espanca

116. Uma Estadia no Inferno / Poemas / Carta do Vidente
Arthur Rimbaud

117. Várias Histórias
Machado de Assis

118. Fédon
Platão

119. Poesias
Olavo Bilac

120. A Conduta para a Vida
Ralph Waldo Emerson

121. O Livro Vermelho
Mao Tsé-Tung

122. Oração aos Moços
Rui Barbosa

123. Otelo, o Mouro de Veneza
William Shakespeare

124. Ensaios
Ralph Waldo Emerson

125. De Profundis / Balada do Cárcere de Reading
Oscar Wilde

126. Crítica da Razão Prática
Immanuel Kant

127. A Arte de Amar
Ovídio Naso

128. O Tartufo ou o Impostor
Molière

129. Metamorfoses
Ovídio Naso

130. A Gaia Ciência
Friedrich Nietzsche

131. O Doente Imaginário
Molière

132. Uma Lágrima de Mulher
Aluísio Azevedo

133. O Último Adeus de Sherlock Holmes
Sir Arthur Conan Doyle

134. Canudos - Diário de uma Expedição
Euclides da Cunha

135. A Doutrina de Buda
Siddharta Gautama

136. Tao Te Ching
Lao-Tsé

137. Da Monarquia / Vida Nova
Dante Alighieri

138. A Brasileira de Prazins
Camilo Castelo Branco

139. O Velho da Horta / Quem Tem Farelos?
Gil Vicente

140. O Seminarista
Bernardo Guimarães

141. O Alienista
Machado de Assis

142. Sonetos
Manuel du Bocage

143. O Mandarim
Eça de Queirós

144. Noite na Taverna/Macário
Álvares de Azevedo

145. Viagens na Minha Terra
Almeida Garret

146. Sermões Escolhidos
Padre Antonio Vieira

147. Os Escravos
Castro Alves

148. O Demônio Familiar
José de Alencar

149. A Mandrágora / Belfagor, o Arquidiabo
Maquiavel

150. O Homem
Aluísio Azevedo

151. Arte Poética
Aristóteles

152. A Megera Domada
William Shakespeare

153. Alceste/Electra/Hipólito
Eurípedes

154. O Sermão da Montanha
Huberto Rohden

155. O Cabeleira
Franklin Távora

156. Rubáiyát
Omar Khayyám

157. Luzia-Homem
Domingos Olímpio

158. A Cidade e as Serras
Eça de Queirós

159. A Retirada da Laguna
Visconde de Taunay

160. A Viagem ao Centro da Terra
Júlio Verne

161. Caramuru
Frei Santa Rita Durão

162. Clara dos Anjos
Lima Barreto

163. Memorial de Aires
Machado de Assis

164. Bhagavad Gita
Krishna

165. O Profeta
Khalil Gibran

166. Aforismos
Hipócrates

167. Kama Sutra
Vatsyayana

168. O Livro da Jângal
Rudyard Kipling

169. De Alma para Alma
Huberto Rohden

170. Orações
Cícero

171. Sabedoria das Parábolas
Huberto Rohden

172. Salomé
Oscar Wilde

173. Do Cidadão
Thomas Hobbes

174. Porque Sofremos
Huberto Rohden

175. Einstein: o Enigma do Universo
Huberto Rohden

176. A Mensagem Viva do Cristo
Huberto Rohden

177. Mahatma Gandhi
Huberto Rohden

178. A Cidade do Sol
Tommaso Campanella

179. Setas para o Infinito
Huberto Rohden

180. A Voz do Silêncio
Helena Blavatsky

181. Frei Luís de Sousa
Almeida Garrett

182. Fábulas
Esopo

183. Cântico de Natal/ Os Carrilhões
Charles Dickens

184. Contos
Eça de Queirós

185. O Pai Goriot
Honoré de Balzac

186. Noites Brancas e Outras Histórias
Dostoiévski

187. Minha Formação
Joaquim Nabuco

188. Pragmatismo
William James

189. Discursos Forenses
Enrico Ferri

190. Medéia
Eurípedes

191. Discursos de Acusação
Enrico Ferri

192. A Ideologia Alemã
Marx & Engels

193. Prometeu Acorrentado
Ésquilo

194. Iaiá Garcia
Machado de Assis

195. Discursos no Instituto dos Advogados Brasileiros
Rui Barbosa

196. Édipo em Colono
Sófocles

197. A Arte de Curar pelo Espírito
Joel S. Goldsmith

198. Jesus, o Filho do Homem
Khalil Gibran

199. Discurso sobre a Origem e os Fundamentos da Desigualdade entre os Homens
Jean-Jacques Rousseau

200. Fábulas
La Fontaine

201. O Sonho de uma Noite de Verão
William Shakespeare

202. Maquiavel, o Poder
José Nivaldo Junior

203. Ressurreição
Machado de Assis

204. O Caminho da Felicidade
Huberto Rohden

205. A Velhice do Padre Eterno
Guerra Junqueiro

206. O Sertanejo
José de Alencar

207. Gitañjali
Rabindranath Tagore

208. Senso Comum
Thomas Paine

209. Canaã
Graça Aranha

210. O Caminho Infinito
Joel S. Goldsmith

211. Pensamentos
Epicuro

212. A Letra Escarlate
Nathaniel Hawthorne

213. Autobiografia
Benjamin Franklin

214. Memórias de Sherlock Holmes
Sir Arthur Conan Doyle

15. O Dever do Advogado / Posse de Direitos Pessoais
Rui Barbosa

16. O Tronco do Ipê
José de Alencar

17. A Consolação da Filosofia
Boécio

18. Contos Amazônicos
Inglez de Souza

19. A Tempestade
William Shakespeare

20. Ondas
Euclides da Cunha

21. Educação do Homem Integral
Huberto Rohden

22. Novos Rumos para a Educação
Huberto Rohden

23. Mulherzinhas
Louise May Alcott

24. A Mão e a Luva
Machado de Assis

25. A Morte de Ivan Ilicht / Senhores e Servos
Leon Tolstói

26. Álcoois
Apollinaire

27. Pais e Filhos
Ivan Turguêniev

28. Alice no País das Maravilhas
Lewis Carroll

29. À Margem da História
Euclides da Cunha

30. Viagem ao Brasil
Hans Staden

31. O Quinto Evangelho
Tomé

35. Do Cativeiro Babilônico da Igreja
Martinho Lutero

43. Orgulho e Preconceito
Jane Austen

46. Tristão e Isolda
Lenda Medieval Celta de Amor

47. Poemas Completos de Alberto Caeiro
Fernando Pessoa

Série Ouro
(Livros com mais de 400 p.)

Leviatã
Thomas Hobbes

A Cidade Antiga
Fustel de Coulanges

Crítica da Razão Pura
Immanuel Kant

Confissões
Santo Agostinho

Os Sertões
Euclides da Cunha

Dicionário Filosófico
Voltaire

A Divina Comédia
Dante Alighieri

Ética
Baruch de Spinoza

Do Espírito das Leis
Montesquieu

0. O Primo Basílio
Eça de Queirós

1. O Crime do Padre Amaro
Eça de Queirós

2. Crime e Castigo
Dostoiévski

3. Fausto
Goethe

14. O Suicídio
Émile Durkheim

15. Odisséia
Homero

16. Paraíso Perdido
John Milton

17. Drácula
Bram Stocker

18. Ilíada
Homero

19. As Aventuras de Huckleberry Finn
Mark Twain

20. Paulo – O 13º Apóstolo
Ernest Renan

21. Eneida
Virgílio

22. Pensamentos
Blaise Pascal

23. A Origem das Espécies
Charles Darwin

24. Vida de Jesus
Ernest Renan

25. Moby Dick
Herman Melville

26. Os Irmãos Karamazovi
Dostoiévski

27. O Morro dos Ventos Uivantes
Emily Brontë

28. Vinte Mil Léguas Submarinas
Júlio Verne

29. Madame Bovary
Gustave Flaubert

30. O Vermelho e o Negro
Stendhal

31. Os Trabalhadores do Mar
Victor Hugo

32. A Vida dos Doze Césares
Suetônio

33. Grandes Esperanças
Charles Dickens

34. O Idiota
Dostoiévski

35. Paulo de Tarso
Huberto Rohden

36. O Peregrino
John Bunyan

37. As Profecias
Nostradamus

38. Novo Testamento
Huberto Rohden

39. O Corcunda de Notre Dame
Victor Hugo

40. Arte de Furtar
Anônimo

41. Germinal
Émile Zola

42. Folhas de Relva
Walt Whitman

43. Ben-Hur — Uma História dos Tempos de Cristo
Lew Wallace

44. Os Maias
Eça de Queirós